離婚

小田かのん
Kanon Oda

文芸社

離婚

離　婚◎目次

母の苦悩

子供心に、そのときばかりは、夜が来るのが怖かった。父が単身赴任を始めた地方の家庭では、母と娘一人。娘の美里は当時十一歳であった。夜がしんしんと静かに深まるに連れ、余りに静かであったこれまでの平和な暮らしを、暗闇が押しつぶしていきそうに、重くのしかかっていた。ふと夜中に美里が暗闇の中で目を覚ますと、耳に尋常でない音が聞こえてきた。隣に並べて敷いてある母の布団が空である。はっとした美里は、物音をひそめて起き上がった。触れると軽くすべるふすまに手を当てて、気持ちを張り詰めてそっと少しだけ開けて覗いて見るとそこには、この季節では僅かばかり寒いであろう薄い寝巻き姿の母が、明かりもつけずに部屋の片隅で嘔吐している。嘔吐に合わせて、母の色白で柔らかな体が、背中を丸めるように幾度も繰り返し萎縮する。すべてが静まり返った闇の中で、胃の中のものが逆流する音だけが、か弱い虫の音のように、部屋の中に小さく、しかし、やまずに聞こえている。一日だけのことではない。最近では、幾日も続けてこの有り様だ。

　子供心というものは、大人のそれとは違い、ある意味では本能的に非常に敏感で、またある意味ではすぐに動揺してしまう。美里の知っている限りいつも優しく明るい母のただごとでない様子に、それを垣間見ていながら、美里は声もかけられなかった。

（おかあさんの様子が変だ。でも、ただの病気とはなんとなく少し違いそうだ。でも、このまま悪くなって死んでしまわないとも限らない。どうしよう……）

　単調で幾分静かすぎる嘔吐が、病気の急変ではないことをうっすらと感じさせた。柱に置いた小さな手が震えていた。声をかけよう、ふと喉もとまで持ちあがってきた勇気が、次の瞬間は声にならなかった。その凍てついた光景は、幼い美里にとって、計り知れない恐怖であった。いっそ、叫び出したいような恐怖に駆られながら、必死にこらえ、美里はふすまのかげに、黙って立ち尽くしていた。美里はそれまで体験的に、子供には教えてくれない親の事情というものがあることを、体得していた。見てはいけないものを、見てしまった気がしていた。美里は、もしどうしたのと聞いても、母は教えてくれそうにないような様子を、からだ全体で感じ取っていた。だから子供は、教えてもらえそうにないことは、じっと観察して、自分の目で確かめようとするのである。そして不安におののきながら、なすすべも知らず、ただ泣きべそを掻いて、布団にもぐりこんだ。厚手の綿布団の中のぬくもりは、今日までの暮らしを裏付けているかの様に、あたたかかった。そのぬくもりは、まだ幼い美里に現実を知らせることを、まるでためらっているかのようだった。隣の部屋に繰り返される単調な音以外には、虫の声も絶えていた。澄んだ肌寒い空気の中に耳を澄ますと、底知れず深い夜のしじまに、吸い込まれて行きそうな感じがする。静かすぎて、耳鳴りが現実にはない音を聞きそうになる。草や木もみな、とうに眠りについているのだろう。美里は布団の中で、母の様子に聞き耳を立てたまま、やがては蒼ざめた暗闇と時間とが、すべてを飲み込んでいった。

そしてある日の晩、いつのまにか少し小さくなった母の背中を見つめていた美里は、とうとう、かすかな声で母親をふすまのかげから呼んだ。

「……かあさん……」

「おかあさん……」

二度三度呼ぶと、母親は娘の声に気がついて振り向いた。

「美里……」

母親は、ふすまのかげに、娘のピンク色のパジャマと心細い表情を見つけた。娘のやせた肩にかかったやわらかい髪の毛は、肩の辺りで行儀良く切り揃えられていた。そして美里が何も言わないうちに、母はいそいで言った。

「ちょっとね、おなかの調子が良くないみたいだけれど、もう大丈夫だから、美里は寝なさい。おかあさん、もうだいぶ良くなったから」

やはり、母は、それしか言ってくれなかった。美里は、それがどう違うのかは明らかでないにせよ、それが嘘だと分かっていた。

「おかあさんもすぐに休むから、美里は先に寝なさい」

母にそう言われて、美里は当て所無く、布団をかぶって、布団に頭をこすりつけた。

苦し紛れに無理やり目を閉じて眠りにつくと、その頃独特な夢を見た。田舎の一件家の我家に、ところ狭しといつも行き来していた美里の母方の親族と美里の家族とが集っていて、楽しい団欒に興じていると、深夜になって突如として黒装束の日本刀を振り回す賊らしきものが勝手口のドアを打ち破って乱入し、一人また一人と美里の親族を日本刀で切り殺し、辺りは血の海と化し、最後に残った祖母も殺されてしまい、美里以外には誰もいなくなるという、そういう夢だ。賊は連日やってきた。明らかに、美里の家に狙いを定めているかのようであった。なにが怖かったと言って、美里は、毎晩のように現れるそんな夢が、怖くて仕方がなかった。無理に目をあけたままで、眠らずに済まそうかと考えた程であった。しかしなぜ、そんな夢を繰り返し見たのかは、分からない。

悪夢にうなされながら朝が来て目を覚ますと、朝の明るく温かな太陽の日差しが、大きな窓のレースのカーテンから差していて、そこには何事もなかったかのような、いつもの母の笑顔と朝食があった。卵を焼くにおいがした。

「美里、おはよう」

美里の寝顔に顔を近づけて嬉しげに覗き込む、その情愛に満ちた母の笑顔は、これまでとなにひとつ変わりがないように思われた。

そのことにすっかり安心して、美里は、母が病気なわけではないと、とりあえずほっとするのだった。


父親は、それなりのエリートサラリーマン……だったようだ。大企業で、そこそこのポジションについていた。だが、美里が小学校の卒業を控えたころ、それまで長年勤めていた企業を自主退職した。

「男には、でっかい夢があるんだ」

と突然言い出した父の話しを耳にした時、幼い美里には全くなんのことだか分からなかった。

父はいつも家にいるときは、丸首の白シャツに白いステテコで、テレビに見入ってにっと白い歯をだしたまま、固まっていた。美里はそれを、なにかしら他人のように感じていた。

「そんな、会社を辞めて急に店をやるって言ったって……うまくいかなかったらどうするのって言っているの。借金だって、少しでは済まないでしょう？　美里の将来のことだってあるのだし。芳雄兄さんのところだって経営に失敗してあんなことになったのだから。そのことについては、親戚一同みんなそう考えているのよ」

母が、困ったように言う。

「うまくいかなかったら、うまくいかなかったらって、そんなことばかり言っていたら、何も出来ないんだ。うまくいかなかったら、そのときはお父さんがちゃんと考える」

父は、半ば女子供を笑うような口調で言った。美里は、母を侮辱する態度を見せる人間が、嫌いだった。

「運転資金を借りたいってわたしの親兄弟に言っても、みんなサラリーマンなのだから、いちどきにまとまったお金なんて、出来るはずがないでしょ」

母は、半分機嫌を損ねたような様子である。美里は、早くその沈鬱な話が終わってくれればいいと思った。だから、

「じゃあ、自営業じゃない、他の新しい仕事を見つけたら?」

美里も、母に加勢した。

「お前なんかに、何が分かる。子供の分際で、大人の話に口を挟むんじゃない」

父親が、やりかえした。いつも妻に弱い父の貞生にしては珍しく、そのときだけは人がかわったようであった。

「ついて来たくなければついて来なくていい」

と強い口調で妻に言って、夫婦の話し合いは沈黙の底へ沈んで行った。母は、ひどく落胆したように俯いて、ただ黙って首を横に振っていた。美里は、両親の顔色を見比べるように、伏目がちにそれを黙って見ていた。四畳半の居間の白っぽい明かりだけが、三人の家族をこうこうと照らしていた。そして父は一足先に、新しく始める自営業の準備に、ひとり家族と離れて他県に赴いたのだった。


美里の母、香代は、退職も自営業も、反対であった。それは始めから、転職の話し合いの最中に彼女が覗かせる、険しい顔つきを見ていれば良く分かった。いつも家に姿のなかった父のことよりは、母のことのほうが、美里は知らなくて良いことまで知っていた。母が若かった頃、好きな人がいたということ。いつもデートをすると、相手の男性を駅まで送って行き、駅に着くと帰りが心配だからといって今度は男性が母を家まで送り、いつまでも無意味で有意義な駅と家との往復を繰り返したこと、母が中卒で相手が大卒だったので不釣合いだと周囲が結婚に反対したこと、そして月日が過ぎ、突然相手が帰省中に近くのダムで釣りをしていて転落し、鉄の杭が頭部にささって急死したこと、葬儀が済んで半年の後に父にプロポーズされたこと、父は母を職場で初めて見た時にこの人と結婚しようと心に決めていたこと、父が暮らした寮の二段ベッドの天井には母の写真が三年ほども貼られていたこと、母の実家は不仲で窮屈で早く家を出たかったこと。いいもわるいも抜きにして、美里は知っていた。

「香代、お前、狩野さんと一緒にならないのか?」

香代の周囲は、いつまでも恋人の死を思い返しては前に進めない適齢期の彼女を、後押しした。

「狩野さんは、あの若さで、大会社の主任さんじゃないの。とくに不真面目な遊び人でもない。お前ひとり食べて行くのに、なに不自由ない暮らしが出来る。お前に生活の不自由はさせないって、新築の家も買っただなんて。いいひとじゃないかい。これでお断りするなんて、それはお前のわがままっていうものだ」

「お前に、他にいいひとがいるわけでもないんだろ?」

「行雄が結婚するまでお前がこの家にいるってのも、世間様には格好がつかないしな」

当時貯えのなかった婿のために、結婚費用を全額香代の親族が負担して、貞生と香代は結婚した。女が結婚をするのはなんのためかは、その人によりきっと異なると思うが、そのわけを正しく知る男は、案外少ないのかもしれない。それは、どの男性も自分の都合にばかり気を取られがちだから、かも知れない。実に滑稽なほどに、自分と結婚したことですなわち妻が幸せであると、無条件に思いこんでいる男性も、少なくないのかも知れない。女が結婚をすると、如何に男性以上に自由を失い、育児や家事や仕事に業を煮やし、そのうえ無神経で勝手な家族に苦痛という煮え湯を飲まされ、家庭という当初女が見た夢が如何にゾンビのようになって彼女にのしかかるか、などということは想像もしないのかも知れない。女性の思う幸せとは、個々人によって差があることは確かでも、やはり結論から言って、男性が真に女性を幸せにするということは、気まぐれや自分だけの思いこみや並大抵の配慮では、出来ないものである。

それから、貞生と結婚して、香代は職場を寿退社した。美里が生まれたのは、そのおよそ一年程後のことであった。美里はあどけない面持ちで、母の台所仕事の様を見つめていた。西日の当たる台所は六畳ほどもある広さであったが、勝手口の扉はざらついた木材にこげ茶のペンキを塗っただけの簡単なしつらえで、上がりふちにはビールのケースや糠床が置いてあった。玄関からの通り道には、たま簾のような暖簾が、出入りの際にときどきぶつかり合って、はじけるような音を立てていた。流し台と同じような薄茶色の木目の食器戸棚には、結婚祝に揃えて貰った真新しい食器やスプーンが、使いきれないほど置いてあった。使いもしないダイニングテーブルは、台所の隅で物置台になっていた。母の足元の目にも鮮やかな明るい黄色のマットだけが、若々しい新妻に似合っていた。香代は、家事をしながらときおり、こう美里に話したことがある。

「うちのお父さんはね、いい旦那さんなんだよ。よその家では、暴力を振るったり賭け事をしたり、奥さんを泣かせている旦那さんもいるんだよ。でも、うちのお父さんは、家の中のことはすべてお母さんに任せてくれて、うるさいことも言わず、真面目に仕事をして、給料袋を開けもせずきちんと持ってきてくれる、優しい旦那さんで、お母さんも美里も幸せだね」

それまで夫の果たしていた夫としての在り方、父としての在り方が、妻をそのように満足させていたのだった。そんな幸せな母親の子供である美里も幸せであった。

理想と現実は違うものなのだと、よく母は言っていた。しかしその頃の母は現実の暮らしに満足していたから、そのように言ったのだろう。

その頃まで企業戦士を自負していた美里の父は、夜は残業、休日はしばしば休日出勤で、ほとんど家にはおらず、仕事に一生懸命だった。美里と顔を合わせる日も、稀だった。夫がそのように懸命に仕事に没頭しているとき、母はとても上機嫌だった。

「お父さんは、お仕事が大変なんだからね」

美里によく、自慢げに言って聞かせた。母は、夫の仕事が忙しいときには、美里を連れてどこかに出かけるか、近くにいる親戚のもとへ出かけて、一日中過ごすことが多かった。それらの日々、とても母は幸せで、充実した日々を過ごしていたのだった。

母娘の暮らし

美里の家は、駅から歩いて一時間、一番近くの商店まで歩いて一時間という、見渡す限り田園風景の中の新興団地にあった。しかしその当時、近所でも数えるほどしか自動車を運転する主婦がいなかった中で、美里の母はいつも車に乗って美里はその助手席が指定席で、週に四日ほどの稽古ごとに母に手を引かれて行き、帰り道には隣り町のイトーヨーカドーまで母と手をつないで買い物に行くことが、いつもいつもの暮らしだった。

夕方になって小学校の授業が終わると、美里は友達との約束があるとき以外は、いつも家路を急いだ。薄暗い小学校の昇降口で下駄箱に並べてある運動靴を掴むと、靴についた校庭の砂が古い木の下駄箱とこすれて、ジャリッと音を立てた。靴の背に、母が黒マジックで書いた自分の名前を確かめると、長年良く磨き込まれて年期の入ったすのこの近くに放り投げて、心持ちよろけながら靴をはいて、つま先でとんとん床を二、三回蹴った。朱色のジャンパーと黄色

い通学帽がいかにも、田舎の子供らしく見えた。他の子供たちがやっと下駄箱に降りてきた時、美里は高い声で

「またねー、ばいばーい」

と、友達に向けて手を振るが早いか、駆け出していた。

(今日はこのまま、帰りに買い物に行くって、お母さん言ってた。正門前のいつもの所で待ってるって。きっともう、お母さん待ってる)

校庭の曲がり角に焼却炉があった、近づくといつも焼けたすすの匂いがする。その両脇を飾るにしては背が高すぎるポプラの双木が、風にそよいでさらさらと音を立てた。ポプラの頂きを見上げると、雲の間に太陽の光が、まるで放射光のように、地面まで白い線を描いていた。小走りの美里が校庭の角を曲がると、正門まではきれいな小石の道が広がっていた。秋になってもう使わなくなったプールの緑色のフェンスに沿って、黄色く色づいた銀杏の木が道をふちどっていた。夏休みには、娘の泳ぎが上達したか見に来る、母達の姿がここにある。正門から見える職員室棟は、コンクリート打ち放しの柱に、壁がつややかな白に塗られ、サッシの窓枠は上部が丸くゆるいアーチを描いているのが優しい表情で、いかにも小学校に似つかわしかった。正門を出ると、いつもの場所に母の乗る白い車があった。逆光で母の顔は良く見えない。

栗色のパーマ髪だけが光に浮かんで印象的に、母の存在をそれと分からせた。美里は車を見つけるといっきに走り出した。赤いランドセルに下げた飾りものが鞄にぶつかっては、鈴の音をたてた。車を生垣に寄せて母は待っていたので、美里は助手席に乗るのに、木をがさがさいわせながら、器用な身のこなしで乗り込んだ。

「ただいま」

美里の口元がほつれたように笑った。母は、ゆっくりそこで待っていたふうだった。

「おかえりなさい」

母は、美里の顔色をのぞきこむように笑った。やがて車は県道へと続く道を、いつものように走り出した。

イトーヨーカドーのファミリーレストランでは、美里は常客のひとりであった。美里が注文したヨーグルトが運ばれてきた。ウェートレスの持ってきたヨーグルトは、マスクメロンを型どった陶製のずっしりとした大きな器に盛られている。なんともゴージャスな演出である。それを横目で見た母は、かすかに笑いをもらした。

「どうしたの？　お母さん」

きょとんとする美里に、母はやさしく、

「ううん。さあ、食べなさい」

と言った。美里は、子供のころに大きいと思ったものも、大人になってみればそれほどでもないものだということを知らず、その大きなメロンもどきに胸を踊らせた。

食堂を出て、露店に出した惣菜やの煮炊きのにおいを抜けると、暮れなずむ静かな町は、低い建物が広がるところどころに、店の明かりが灯っていった。やがてすっかり日が沈む頃、家路を走る車の窓には、町の明かりが次第にまばらになり、幹線道路を照らす街灯だけが、一列に目立ってまたたいた。それはまるで人が生まれてくる前にいた世界のように、何かしらとても心が和んで、まどろむような気がした。

美里の母は、小学校の先生方にも評判の母で、いつも小学校の正門の横では、いまや遅しと美里の帰りを車の中で待つ母の姿があった。それは娘を、教育環境の良い隣町の学校に、教育委員会を通じて越境入学させたので、片道三キロの道程を道草食いながら帰る娘の帰りを、母は待ちきれなかった。美里は、道端にとめた車の中に母の姿が見えると、いつも走り出した。母の姿が見えないときは、美里は妙にがっかりして、三キロの道程を山並みに映える夕日を眺めながら、家路をたどるのだった。通学路の両手には、水田が続いていた。カエルやあめんぼどじょうにおたまじゃくし、そこで暮らす生き物がたくさん姿を現した。通学路はなぜか妙に広いアスファルト道路であったが、車は滅多に通らなかった。娘の横を車がかすめるのを、母が嫌がった結果であった。地方を取り囲む山の端がオレンジ色の夕焼けに染まると、その光景はさながら、朱色と黒色で描き出した大きな水墨画のように見えた。一本のコスモスを片手に握った美里の頬も、オレンジ色に染まった。小さな竹林の横を通りかかると、通りのふちには、オレンジ色のからす瓜がいたずらに林の上の方にからみついていた。男の子たちが石を投げて落としたからす瓜が道路に当たって砕けていた。このからす瓜というのは、一体なんのためにこの世に出来た代物なのだろう。からすの主食となるためだろうか？　美里はそんなことを考えながら、砕けた実で滑らないようによけて歩いた。田畑と水辺との境のすすきの穂は、見事に白く開ききっていた。家に近づくと、なにも焦らなくても良いのに、だいたい美里は走り出していた。家には、美里の好きなおやつと母の笑顔が待っている。それに不思議と、にわかに心配になるのだ。家の扉をあけると、母がいつものようにそこににっこり笑っているかどうかが、当たり前のことなのに、不安と期待が入り混じった気持ちになり、美里は走るのだった。

（お母さんは、いるだろうか。買い物に行っていて、いないかも知れない。もしかして、病気でいないかもしれない。まさか、事故なんてことは。それとも……。いや、お母さんは、きっといる）

あわてて帰ってくる娘を見て、母の香代は笑うのだった。

「なにも家が歩いて逃げる訳じゃ無し、そんなに走ってこなくてもいいのにね、この子は」

美里は、やや照れたように押し黙っていた。そして、握りしめたコスモスを母に渡した。美里がランドセルを脱ぎ捨てて居間に入ると、天井から袋入りのあんぱんが一個吊るしてあった。美里は物慣れた仕草でそれを口でくわえて取って、こたつに入った。それは、小学校の運動会で行われる六年生のパン喰い競争の練習のために吊るされていたものであった。毎年一人か二人、どうしてもうまくパンを取れなくて、いつまでも人前でもがいている子供を見ていた母が、万一娘がああなったら耐えられないと言い出した、果ての奇策であった。美里の脱ぎ捨てたランドセルを、母が後ろから持ってきて笑っていた。

「ランドセルに長い定規やら傘やらつきさして、そこに給食袋やら筆洗いやらいっぱいぶら下げて。手に持って帰ってくるのが嫌なのは分かるけれど、これじゃあまるでちんどんやだよ」

母があたたかい飲み物を作ってこたつに入ると、美里はひとしきりその日あったことを、一生懸命話して聞かせるのだった。母が夕飯の支度に立ち上れればその後を追って、台所の柱にもたれながら、母の後姿に向かって話していた。美里は、面白い話しを耳にして母が喜ぶ顔を見るのが好きだった。そして話しがすむと、母の用意していた分厚い勉強道具が広げられた。勉強を済ませて、夕飯を食べ終え、美里が眠る時間までに父が家に帰ることは、滅多になかった。

　美里の教育にかける母の熱意は、すざまじいまでであった。三つ子の魂百までと言っては、美里は三歳になるまで徹底的に厳しく育てられた。美里は、大きくなってからも、ただ唯一、自分が三歳になる前のことで覚えていることは、ときどきトイレの中でひとり泣いていたことだけであった。早く三歳になりたいと思って泣いていた。三歳になれば、きっと母も納得して、そんなに厳しくしなくなると、思っていた。ピアノを習うのに、絶対音感が身につくためには三歳からだとか、十歳までの情操教育が大切だから小動物を飼わせようとか。一人っ子だから、親戚の子供たちのところにいつも連れていって、一緒に過ごさせようとか。美里の母は孟母三遷の教えを日々、地で行っていた。小学校の入学に際しては、生徒にお道具箱が渡された。それは数を数える練習に、マッチ棒のような細い棒やらおはじきやらが何百個も入っていた。その棒の一本一本にまたそのおはじきの一個一個に、母は〝かりのみさと〟と夜通し名前を書いた。あくる朝、母の手はペンのあたるところが、くたびれて赤くなっていた。美里の学校で、明日の理科の授業は菜の花を使うから持ってくるようにと言われた日は、母は一時間も二時間も美里の手を引いて、田圃のあぜ道に咲く菜の花を探して歩いた。やがて日も暮れる頃、菜の花畑を見つけた母は、その持ち主の農家を尋ねて歩き、花を一本わけてくださいと頭を下げた。

「他の子達が授業で使っているのに、美里だけがそれを横で見ているなんて……」

母は思いつめたように言うと、時にはもう店じまいした商店の戸を叩いたこともあった。

（お母さんは、私が困ったとき、どこからでも飛んで来る）

美里には、厳しく一生懸命な、優しい母であった。

美里の母は、学校行事ともなれば、必ず顔を出していた。

「美里は、明日は遠足だし。……お母さんもこっそりついていっちゃおうかな」

「……」

小学校の遠足のときには、美里はいつもバスの後方が気になった。まさかとは思いもしたが、一度本当に母がついてきたことがあったからだ。バスの後ろにいなくても、弁当を食べているつつじの植木の後ろにいるかも知れない。美里は、急にくるっと振り向いた。

「美里ちゃん、どうしたの？　卵焼き落ちてるよ」

しかし、そうなると、美里も母のことが心配であった。

「お母さん、今度の学芸会は、わたし楽団の指揮をすることになったの」

母に凱旋報告をするとき、美里は嬉しさに上気していた。母に凱旋土産を持って帰ることが、小さい頃の美里の、なによりのやりがいだった。美里が嬉しいとき、いつも次の瞬間は、母の喜ぶ顔を思い浮かべた。

「ほんとうかい？　美里。おかあさん、見にいくのが楽しみだよ。何を着て行こうかな？」

学芸会は毎年秋に小学校が催すものであったが、多数の父兄でいつも会場の体育館は満員だった。美里は、毎日の練習にも力が入った。母が見に来る前で、絶対に恥は掻けないのであった。大脱走マーチは、打楽器の入りの部分が少し難しかった。しかし、母に格好の良いところを見てもらいたい美里の意気込みと同じく、その元気の良いマーチは、次第に完成へと近づいていった。小さな楽団は、ひな壇式の音楽室で飽くことなく一進一退放課後の練習を重ね、いよいよ明日にその晴れ舞台を待つばかりとなった。

「いよいよ、明日だね。緊張しちゃうね」

子供たちは、心地よい緊張感を覚えていた。最後の練習を終えたその表情は、どの子も幾分上気していた。

「かとっちのお母さんも、明日来るんでしょ？」

「もっち」

かとっちは、幾分上気した笑顔で、一つ首を縦に振って、右手の親指を立てて見せた。音楽室のある職員室棟の廊下は石張りで、表面が滑らかだったので、滑ろうとすれば気持ち良く滑

った。あたりは夕刻で、人影がないのをいいことに、友人達と
「スケートしちゃおうか」

「うん。スケートしちゃおうか」

と目配せし合うと、にっと笑った。たまらなく気持ちが弾んだ。教室まで勢い良く、スケート競争して帰った。夕日が柔らかく子供たちの笑い声と校舎を照らした。ところが、その日美里が家に帰ると、母は顔色が悪く、いつもより元気がなかった。

「お母さん、どうしたの？」

「うん、なんだか風邪をひいちゃったみたいで、熱が下がらないの」

美里が母の額に手を当てると、触れただけで熱が高いことが分かった。

「お母さん、明日学芸会来れる？」

美里が心配そうに言う。

「ごめんね、熱がこのまま三十八度より下がらなかったら、お母さん明日は行けないかも知れない」

母の、体が辛そうな様子を見て、美里は悲しくなった。

「お母さん、栄養つけたほうがいいよ。わたし、なにか作ってあげる。薬は飲んだ？」

「ありがとう、だいじょうぶ」

母は、弱々しく大丈夫だと言った。

翌朝、目が覚めるなり、美里が布団の中の母を揺さぶった。

「お母さん、どう、熱は下がった？」

「うん、いま、計ってみるけど、でもちょっと、まだ高いみたい」

母が、布団に横になったまま体温計で検温していると、美里は秋になって出したばかりのストーブの前で、洋服を頭からかぶったまま袖も通さずに、赤い火を見つめながらしゅんとしていた。美里は、幕が上がったらそこに母がいない、観客席を思い浮かべた。

「お母さん、来れないんだ。……」

母が、起き出してふすまを開けると、美里が泣きべそを掻いていた。

「ごめんね」

母はとりあえず、簡単に朝食を準備して美里に食べさせ、寝巻きにカーディガンをかけたままで見送った。母は外に出ると寒気が身にしみるらしく、身をかがめて足踏みしていた。美里が学校に入学してから、いや正確には幼稚園に入ってから今日まで、母が来ない学校行事なんて、ただの一度もなかった。それだけに美里は、事情が分かっていてもそれでもなお、まるで捨てられた子猫のような気持ちになった。どんなにいい演奏をしても、それを母が聴くことはないのだ。そう思うと、張り合いがないような気になった。体育館の古びて色褪せた、もとは水色だったろう木の窓枠と薄い窓ガラスが、風に吹かれてかすかにかたかた鳴るのを、美里はぼんやり見つめていた。薄い窓ガラスの向こうには、天高く切ないほどに澄み切った真っ青な青空が広がっていた。

しかし、そんな美里の思いをよそに、学芸会は予定通りスタートし、いろいろな出し物が盛り上がるうちに、美里の楽団の演奏がスタンバイとなった。みんなが慌てて楽屋に向かう途中で、担任の先生が美里を呼びとめた。

「狩野さん」

美里が立ち止まって振り返ると、先生はにっこり笑って言った。

「お母さんが、先程見えたわよ」

美里は、びっくりした。舞台に上がって幕が上がると、美里は父兄席のほうを探していた。美里の母が立ち上がって手を振った。

(お母さん、来ないって言って……、来てくれたんだ)

美里の頬は俄かに薄紅色に赤みをさし、その口元から笑みがこぼれた。美里は、俄然力が湧いてきた。美里の指揮する楽団の演奏は、上出来だった。拍手喝采が、体育館に大きく鳴り響いた。

美里は家に帰ると、

「お母さん、今日、来てくれたんだね」

と布団の上に起き上がった母の元へ走った。

「そうだよ、あんなふうに、美里がさびしそうにしているんじゃ、お母さん嫌だもの。朝一番で病院に行って、熱を下げる注射をしてもらって行ったの。でも、美里のあんな晴れ姿を見たら、もう熱なんか吹っ飛んじゃったわ」

母は、嬉しそうに言った。

「お母さんは、お前を殺すやつがいたら、警察よりも先に犯人を草の根かき分けて探し出して、必ずこの手で同じ目に合わせてやる。お前がたとえ、間違ってこの家を燃やしてしまっても、お前さえ無事でいてくれたら、お母さんは全然構わないよ」

母の少々過激ないつもの口癖は、ただのひとつも偽りではないことを、その頃の美里は確信することができた。

しかし、どこで歯車が壊れたのだろう。いつもそばに居て、美里の教育に一生懸命だった母の異常な変化が、美里の心に暗いかげを落とすようになって行った。

両親の不仲

美里の小学校卒業の日を待って、母と娘とは父も含めて、正式に父の新しい自営業の店を構える首都圏に引っ越した。母娘にとって、そこは、なにもかも、新しい土地であった。

引っ越しの日には、田舎の大企業らしく、父の貞生がいた部署の部下たちが総勢二十人ほど、引っ越しの手伝いに来てくれていた。新しい家は、川沿いの道に面する、淡いベージュで吹いた、二階建ての借家であった。大きな四トンもあるトラックから新しい住まいに、荷物が運び降ろされて行く。その活気の中で、美里は両親に内緒にしなければならないある話を耳に入れた。父の部下の一人が、

「あの野郎こんなことまでさせやがって」

と毒づくと、傍らの一人が、

「まあ、いいじゃないか。これが最後だ。これでもう、あの男も終わりだよ」

といなした。父はそういう状況にあったんだなと、美里は衝撃を感じながら、子供心にひとり考え込んでいた。

やる気満々の父は、それまで勤めていた会社のつてを頼って、家電品販売業を始めた。一国一城の主だと自負している父に、周囲の者は「社長」と言ってへつらった。

「どうせ、あのまま会社にいても、俺は飼い殺し。馬鹿な大卒どもに引け目をとって、せいぜい課長止まりがいいところさ」

貞生は、酒を飲むとそんなことをいつも言っていた。貞生は、兄弟のうちでただひとり、末っ子であったために、男でありながらしかも成績が優秀でありながら、大学にやってもらえなかったことを、いつまでも悔いた。両親の反対を押し切って、駆け落ち同然で香代と一緒になった貞生は、兄弟の遺産相続からもはずされていたということで、別段これといって資金があった訳ではない。会社に当初立て替えてもらうという訳だった。その金額は、美里に知らされることはなかったが、まあ、相当な額だったのだろう。

新しい生活は、美里にとっても大変だった。中学校に入学して、いきなり都会の生活に慣れなければならなかった。そしてなによりも店番ということで、それまで専業主婦でいつも美里の横にいた母をとられたので、いきなり放り出された、訳ではないにしても、そうも思いたくなるような様子であった。母は、自分の不満も手伝ってか、美里に対して少々つれないそぶりだった。もう構ってあげられないのだからね、という雰囲気だった。だから美里には、始めは少々、店の仕事が妬ましくも思えた。しかし、そう言ってばかりもいられない。やがて自分の新しい生活について行くことに懸命になっていった。

美里の通う中学校は、高台に立ついかにもそれらしい佇いであった。古くからある学校らしく、壁は白に近いグレーが雨風にさらされて鈍くなったような色になっていた。横一列にならぶ窓ガラスの外には、茶褐色が色褪せたようなベランダの手摺が、横に長く取り付けられていた。全体的にはそこそこ都会的で、無機質な造作であった。どんよりと曇ったような校舎は、しかしさほど悪びれているふうでもなかったが、生徒達の間では学校の七不思議がささやかれた。中には怖そうなものもあったが、三月三日の午前三時三十三分に校庭を三周まわるランナーがいるというのを、見てみたい気がした。

生徒達は、若い女の先生に意地悪などしていた。入り口に濡れ雑巾を仕掛けるなど序の口で、先生の下着の色を覗いて触れ回る生徒や、教室で花火をする生徒もいた。先生が怒ると、ますます調子に乗った。そんな生徒をしつける手だては暴力より他にないというのか、出血するまで生徒を殴る先生もいた。美里は、新しい世界に面食らった。いじめは、横行していた。そのターゲットは、一、二ヶ月ごとに変わる場合もあった。今は誰をいじめているのか、都度情報を入手しないと、とんでもないことになった。美里は、転校生と銘打たれ、そんな環境に慣れることに、苦戦していた。

あるとき、クラスの女の子が、突然泣き出した。

「どうしたの？　奈美ちゃん」

「狩野美里に前世でいじめられたという、女の子の霊が来たの」

奈美という子は、成績も程々に良く、周囲からちやほやされているような女の子だった。両親からも、うちの子が一番と期待されていた。同じ塾に通う美里を変に一方的にライバル視していた彼女は、その頃流行っていた霊の話で、友人たちにそんなことを言っていた。その太鼓持ちのさとみは、わたしはあなたの友達だと言って美里に近づき、美里の身辺の話を聞き出すと、それを奈美や部活動の先輩たちに、ひどい脚色をして報告していた。

「あの子って見かけによらず、日曜日なんかは、ワイシャツの第三ボタンまではずして、街の中を歩いているそうよ」

先輩たちも仰天した。

「第三ボタンっていったら、全部見えちゃうわよね」

「へーー」

そんな中で、美里が新しい土地で出会った最初の出会いは、ことごとく悪友だったりした。でも、母が忙しくなったせいもあって、美里はそういったことも、家では話していなかった。家に帰っても、店が閉店になる時間までは、母は帰ってこないのだった。帰ってきても、機嫌が悪くなければ、まだいいほうだった。だから余計に、つねに両親を喜ばせる優等生でいたかったのかも知れない。しかしある時、保護者面談で美里の成績が良くないことを聞かされて帰った母は、昔美里が成績では常に上位にあった慣れから激怒した。

「我が家では、働かざるもの食うべからず、ろくな成績もとれないお前なんかに食べさせる飯はない」

と丸首の白いシャツに白いステテコで仁王立ちになった父親は言った。自分の果たせなかった大学卒業を娘が果たすことは、父の夢でもあった。そう言われても、美里はそうですねと、納得してしまった。成績が下がったことは明らかだったので、母のこれまでの労に報いられないことを、美里はふがいなく思った。しかし、ただ黙っていた。母はそんな美里の様子を、遠くから見ては考え事をしていた。数日後、美里の目を盗むように、中学校の職員室から出て行く母の姿を、美里は捉えた。

（お母さん、職員室でなにをしていたのだろう？）

美里はとっさに柱に隠れて、母が帰っていく後ろ姿を注意深く見ていた。それから母は娘に、大きな書斎机を買い与えた。美里は、その机を大変に気に入って、家に帰るとその場所以外には余り座らなくなった。そしてそれにむしゃぶりつくかのように、勉強をするようになった。状況は、次第に好転していった。

「おめんちの親、こえーんだってな」

いがぐり頭のやんちゃ坊主、小暮が休み時間に美里のところに来て言い出した。

「どうして知っているの？」

美里は顔を上げて、小暮の顔を見た。

「俺様、じ・ご・く・み・み。何だって知ってらあ」

小暮は小柄な体でフットワークをしてみたかと思うと、短い足で横の机を蹴飛ばして見せた。そしてしきりに、学生服の襟のボタンを気にしていた。美里は、しばらくきょとんとしていた。

「まじで、やっぱ、こえーのかっ？」

小暮は、真剣な顔を近づけてきた。美里はふいに、昔美里に喧嘩を売って強情を張った同級生を友人の話しから調べ上げて、正門で待ち伏せして相手に食い掛かった母を、思い出した。

（そういえば……。我が母ながら、おそろしい）

「うん……。あまり下手をしたら、殺されるかもね」

美里は困ったように漏らした。小暮は電気にでも打たれたようにビクッとして、二、三歩後ずさりして逃げた。逃げる途中で、机につまづいた。

その次の年には、美里の成績は上位まで回復し、晴れて堂々とご飯がいただけるようになった。その頃になると、他の子供たちと同じように進学塾に通い、またその塾が筋金入りときていて、周り中が必死で勉強している中で、美里もわき目も振らず勉強に精を出すようになった。待ち望んだ良き友人も出来て、美里は必然的に、親離れの道を歩き始めた。進学塾の終業時間は午後十時までにも及んだが、美里にとってはそれは全然遅いとは感じられなかった。偏差値で輪切りにしてクラス分けする進学塾は、成績が下がればクラスも落とされる完全な実力主義の世界ではあったが、子供もさることながら父兄も教育に高い関心を持ったレベルの高い人達が遠く集まって来ており、生徒は誰もひねておらずむしろ上品でさえあった。そして、同じ仲間と打ち解けることは、必然の如きであった。駅前のオフィス街の一画に自社ビルを持った進学塾は、深夜に至るまで電気が灯り、その大きな窓からは黒板や教師それに向かう生徒達の姿が、外からでもつぶさに見てとることが出来た。少人数制とはいえ、二十人弱のクラスメートがいた。その全員と話したわけではなかったが、授業中の先生との問答で、誰がどんな性格なのかは、みな分かり合っていた。それが余計に面白かった。厳しいカリキュラムにも、友人が互いに励みだった。生徒を伸ばすためであれば、どんな労もいとわないすごい先生達がいた。

「親に言われてしぶしぶここに来ているような奴は手を上げろ。俺がその親を絶対に説得してやるよ。すぐに退塾しろ」

先生の怒声に対して、水を打ったように教室は静かだった。補習に呼び出されると、その先生の無料奉仕に感謝しながら、覚悟して出掛けていった。彼らの指導は決して甘くなかったので、こき下ろされるほうが多かったが、それすらもいつも愛情があった。

美里は、寝る間も惜しんで勉強した。午前二時前に美里の部屋の電気が消えることはなかった。

「無理をしないで、寝なさい」

母はいつも眠る前に、美里の部屋の扉を少しだけ開けて言った。店のカウンターで店番をする母に、塾からときどき電話があって、心の中で母が密かに待ち望んでいる朗報が伝えられることを、美里は嬉しく思った。美里は、クラスを徐々に上がって行ったのだった。

ある時まで、母の香代は、車で塾の前まで迎えに出ていた。だが、ある時美里が塾の前で待っていても、いつまで経っても、母の迎えは現れなかった。友人達や先生が手を振って帰って行った。明かりの消えた塾の前にたたずんでいると、夜更けが肌寒く感じられた。美里は、近くの公衆電話に走って、家に電話をかけた。すると母が出た。

「お母さん、授業終わったのだけれど、迎えにきて」

母の声に幾分ほっとした美里は言った。

「わたしは、お前の運転手じゃない」

母は、短く言った。美里は、また始まったと思った。店を始めてからというもの、なにかことあるたびに、母は自分が不名誉な犠牲者のように、思い込むようになった。

「分かった」

美里はそう言うと、電話を切り電車に乗ると、最寄りの駅から二十五分の道程を、夜道急ぎ足で帰った。

(それならそうと、あらかじめ言っておいてくれればいいのに)

なんとなく、嫌な気がした。そして次の時からは、行きも自転車で塾に向かった。そんなことならいっそのこと、街道を自転車で風を斬って走るのも悪くないと、美里は思った。車はみな新しく出来たバイパスに行くので、街道はだいぶ走りやすかった。通り過ぎる風の爽やかさに、美里は気持ち顔を上げ目を細めた。途中で立ち寄る店で、ジュースを一本買って飲むのが、ひそかな楽しみに加わった。母も、面倒になることだって、あるのかも知れない。そうして、自転車通塾に慣れた頃、母はまた無理に車で迎えに来ていた。

「もう。乗って帰りなさいよ」

母は、また塾の前で待っていたかと思うと、半分ふてくされたように、半分悲しんでいるように、そんなふうに言うのだった。友達や先生が、美里の横で、目をまるくした。

新しい暮らしに入って、どれくらいしてからだろう。もう、気がついた頃には、以前には見られなかったくらい、両親の夫婦仲は気まずいものになっていた。母が、父に辛く当たることが多くなった。夕食の時に、母が、ご飯を盛った茶碗を父に投げつけんばかりに差し出す。弱気な父の言葉にも、刺すような返事である。父は上目遣いで美里を盗み見た。美里は、そこいらへんのものをまとめて口に放り込むと、味噌汁で一気に流し込んで早々に席を立った。そうして横で食べているご飯が美味しいわけはないが、だが、もちろんそれがただ単に、母の理由もない行動とは考えられなかったために、美里は余りそのような状況を気にしないようにしていた。

美里が二階の自室で勉強していると、突然ものすごい怒鳴り声と、物の壊れる音と、けたたましい騒音が階下より聞こえてくる。

（家を壊す気だろうか？）

美里は焦燥と苛立ちで、ひじを机についたまま額を手で押さえていた。右手のペンが、ときどきクルクル回っていた。

「ちゃらちゃらした格好なんかしやがって、好きなようにさせているのに、いったい何が不満だって言うんだ」

父の貞生が怒鳴る。詳しい事情は分からなくても、また喧嘩だなと思われ、美里は心臓の鼓動が速くなる思いこそしたが、やはり気にしないようにした。わざわざ意識的に、教科書を声に出して読んだりして、勉強にだけ集中できるようにしたりするのだった。それというのも、夫妻のどちらがいいわるいの判断も、主観が入らざるを得ないし、もしいいわるいを決めたとして、それからどう出来るだろうか？　それが娘にも分からなかった。

「殺してやるーーっつ」

罵声が激しくなると、ある時とうとう美里は不意に立ち上がって、一段一段、階段を降りた。不安な動悸と怒りとで、耳鳴りがしてくるように感じた。そして、その入り混じった気持ちが、居間のドアを思いっきり開けると同時に混じりけのない怒りに変わった。

「なにやってんの！　何時だと思ってるの！」

美里の食いかかるような目線に睨まれると、父はこそ泥のように部屋を転げ出て行った。美里は、父が逃げていったほうを、一瞥した。

父の貞生は、ときには昔の名残りか家族サービスなどもしてみたが、しかし美里の目にもそれらはいつも、無意識の嫌味や衒いを帯びていた。旅先で注文する昼御飯ひとつ、自分はかけ蕎麦だと、貞生は美里にひけらかした。美里は幾分うんざりしたが、しぶしぶそれに付き合ってしまった。やがて三人が食べ始めると、貞生は誇らしげに言った。

「いいか美里。贅沢するのが能じゃないぞ。セットなんかとるなんて、馬鹿がすることだ」

美里が咄嗟に、セットを食べている母のほうを見ると、母の横顔には絶望だけが浮かんでいた。目を伏せてかすかに震えて黙って食べている母の影が、まるでそこにいないかの様に朧であった。母は、なにも聞こえていないかのように、感情を押し殺した目で、窓の外を一瞥した。どんな味もしないセットであろう。美里は、かけそばを食べる心が痛んだ。ひとつひとつ人格を壊していくような、ちくちくと刺すような虐待であった。そして何時の間にか、以前は口に出したこともない口汚いことまでを妻に言うようになり、やがて修羅場に開き直った。母の背中が、縮んでいった。貞生の哲学によれば、それは家族に対する教育なのであった。貞生は、自分の教育が徹底できていないことが問題の核心だという考えを、生涯変える男ではなかった。貞生のそんな性格を、それまで周り中の誰も知らなかった。

ある時美里は、深夜まで勉強が終わらず、深夜一時か二時に風呂に入ろうとして階下に降りて行き、そこでカクテルに酔った母に会った。最近になって母は、寝酒の習慣ができていた。一人深夜にカクテルなど作って飲む。その静か過ぎる部屋で、母はいつも何を思っていたのだろう。白っぽい部屋の明かりが、雑誌をぱらぱらとめくる母の姿と薄緑色のカーテンを、照らしていた。居間の戸棚の上に飾られた、美里が遠足のお土産に買ってきた木彫りの人形が、笑い顔のまま宙を見つめていた。部屋の中には時計の針の音だけが、妙に際立ってこちこち言っていた。時間は知らぬ顔で、遠くを流れて行く。そしてその日、美里が居間を通ると、母は何かしら言いかけた。かと思うと、機嫌が悪化して怒り出した。それでも美里が、なるべく気にせず浴室の方へ行くと、母は物騒にも台所の包丁を握っており、

「今風呂になんか入ったら、お前を殺してやる」

とくだをまく。母は、完全に冷静さを失っていた。美里は多少の恐怖を感じながらも、どうにもならないことと落胆し、そのままタオルを置いて、ため息をつき、無言のまま二階の自室に戻った。階段を登りきったとき、ここまで来ればもう身の危険はないと、美里は一瞬安堵を

覚える自分に気がついた。キリリッと音をたてる自室の扉を閉めると、その扉はまるで、家族を離れ離れに仕切る、玄関の扉のようにさえ思われた。夜は静かだった。美里は扉に背をもたせたまま、天井の明かりを見上げていた。なにが、この家を、こんなふうにしてしまったのか。やるせない気持ちで、むしょうに腹立たしい気もして、口惜しさに胸がつまった。

ときどきはそのように、訳が分からないことが起こった。しかし、その頃になって、美里も年頃的に中学生ともなれば、意識せずとも多少反抗期的な言動があったかも知れない。母と以前に比べ言い合うことも、こころなしか増えたようだ。美里にも、しばしば、言い分はあった。母の行動のある部分は理解できても、ある部分はどうも感心できないと思ったことも確かにあった。母は、もともとはとても感情の豊かな人で、ただその頃にはそれが裏目に出て、感情の激しさが表に出やすくなっていた。だから、母の感情を逆なでするようなうかつなことを言いかければ、

「なに?」

と、たいへんな形相で迫られることにもなりかねず、美里は触らぬ神にたたりなしと、いつも親の問題には逃げを決めてしまったのかも知れない。

それにつけてもやはり、両親のあいだの深刻な問題が、最も状況を悪くしていたのは、紛れ

もない事実であった。あるとき、美里と母とが言い争っていたときのこと、母が力いっぱい美里を押しながら、言うのだった。

「昔と違って、いまお父さんが怪我をしたら、それだけでも明日から生活が出来なくなるんだよ。住む家も、場所もないいんだよ。家族一緒にいられなくなるんだよ。昔はそんなじゃなかったのに。わたしの人生はそんなはずじゃなかったのに」

母の嗚咽が、美里の胸を痛ませた。

「お父さんが、お母さんに、借金の保証人になれって言うんだよ。わたしの親戚にも言ったんだよ。そんなことをしていたら、親戚だってみんなそれぞれの暮らしがあるのに、嫌がられるようになるだけなのに。そんなことをしていたら、誰からも相手にされなくなっちゃうんだよ。あの男は、わたしから親兄弟まで取り上げて、どこにも帰れなくするつもりなんだよ。……」

そう叫びながら、力いっぱい押して来る母の両腕の力が、美里にも払いのけられそうなほど歳をとって弱っていることに気がつくと、美里はそれ以上怒る気もしなくなった。美里は、払いのけるように、母の両腕を横に放り投げた。母は、不意に気が抜けたように、ソファーに座り込んだ。窓からの西日が、赤く母の肩を照らした。うな垂れた首が、赤い西日に対して一層に暗く、母の胸元に影をつくっていた。

「嫌だって言ったら、わたしの悪態つくんだよ。そして、美里がどうなってもいいのかって、そう言うんだよ。お母さんは今みたいな暮らしが嫌で嫌で仕方がないんだよ」

昔の母は、誰からも愛され、そして大切に扱われた。少なくとも、そんな仕打ちに合うような立場の人ではなかった、はずだった。美里は傷ましいものでも見るような目で、母を見据えていた。

「……分かったわ、お母さん。仕方がないね。でも、お母さん疲れていて少し考え過ぎなんじゃない？　どこにも帰れなくするなんて、お父さんはそこまで考えていないんじゃない？」

「……。お前は、あの男を分かっていない。お前よりは、わたしのほうが、よく分かっている。やり方がき汚い」

美里は、真剣な眼差しのまま、怪訝そうに心持ち首をかしげた。そして、包丁をつきつけたことはどうしてかと問うと、即座に、

「お前を殺せば、父親が悲しむからだ」

と、怨念にも似た面持ちで答えるのだった。美里は、思わず溜め息を漏らした。こんな母の心をどうしたらいいものか、まるで見当もつかない心持ちだった。父は、人から子煩悩だと言われた人で、美里の知らないところで美里を思っているらしいことを、美里は人づてに聞いて

いた。しかし、今日に至るまで父とは話したこともろくにないし、珍しく話をした数少ない機会にも、美里には、父の言葉が自分を馬鹿にしてでもいるかのような、感じの悪いものとしか聞こえなかった。父は美里に対して、いかにも自分は物事を知っているが、お前は知らないというふうだった。父はそんなつもりで言っていたのではないかも知れないが、その息が詰まりそうな話には、どうしても好感は抱けなかった。だから、美里も敢えて、気分を害するために父と話そうとは、思わなかった。父も、娘が成長してからは、どう接しようか迷っているのか、特に近づいてこなかった。

美里には、良き友人良き師があった。美里の青春は、そういった人たちのおかげで、決して暗いものではなかった。勉強に励む努力も大変なものだったが、しかし充実さえしていた。その頃の美里は、毎日顔を合わせる友達と交換日記をしたり、それでも足らずに夜中まで長電話したり、学生生活に無上の喜びを見出していた。夜更けの授業が済んでから、友達と少ない小遣いを持って、近くの店でアイスクリームを買って食べることがそんなに楽しいなんていうことは、その後の人生にもないことだった。家庭のことは、外へ出ればもう、ほとんど気にしていなかった。ただ毎日訪れる、新鮮な出来事や心惹かれるものごとに、太陽の日差しに包まれた限りない空間に、夢中だった。

しかし、そういった日々が、美里をも家庭から背を向けさせ、ますます母は孤独に陥っていったのかも知れない。母は、悲鳴をあげていたのだ。成仏できない魂のように。幸福の尺度は、人それぞれである。他人や公権力が決められることではない、またそれらに容易に理解できるものでもない。価値観の異なる他人が聞けば、そのすべてを手に取るようには分からないとしても、母にとってそれは、明けても暮れても毎日一人直面させられる苦痛であり屈辱であり、人生の明暗を分ける重大なことだったのである。母には、救済が必要だった。

確かに、娘も夫も、香代の人生や幸福について、鈍であったかも知れない。世の夫や子供には、ありがちなことである。しかし同時にそれは、娘の力だけでは解決できる問題を越えているように思われた。美里は、母の話を聞くことはできた。しかし幼い自分の力では、母の生活の何をも、変えてあげることは出来なかった。美里は思うに、母は努力が出来ない人ではないと考えていた。もしも、好きな人とだったら、努力出来たのかも知れないと、思ったこともあった。母は父と結婚したときの状況が続くと思って結婚したのに、それは屈辱的なやり方で破綻させられた。話が違うと思った。しかし、更に極めつけは、相手を知る毎に、嫌になって行った。いろいろ言い訳めいたことを親から聞いてはきたが、結局、父の仕事が嫌だというよりも、父が憧れた妻と二人で小型トラックに乗って仕事に出かけるという、その期待そのものに悲しい無理があったように思うのである。美里は成長してのち、父の話からそんな父の密かな憧れを知った。その父のひそやかな憧れを母がもし知ったら……やはり軽蔑するように笑うのかも知れない。母の香代は、トラックなどというものに乗るような女性ではなかった。いつも身綺麗にして、爪の先まで綺麗なマニュキュアが塗られていた。そういった母の感性を、ろくでもないとして変えさせようとする、父の言い方にも、母が不快感を感じていたことは火を見るよりも明らかである。そして一緒の仕事をするということは、相手のいいところも悪いところも、分かるものである。そして、人の好き嫌いは、相手の性格物事への対応そのときどきで、変わって行くものであるが、結果悪いほうに一直線に変わって行くだけの場合もある。

美里はやがて、高等学校に入学した。高等学校の合格を、父も母も大変に喜んでくれた。美里自身はそれほどの感激もなかったにも関わらず、父などは合格通知を枕元に置いて眠り、目を覚ましてはそれをしげしげと眺めて喜んでいたという。

美里の通った女学校については、入る前よりも入った後のほうが、その良さが感じられた。そこには、とても人間的な温かい仲間や先生たちがいて、美里はいつからか、その学校に入学したことをとても満足に感じるようになった。

試験や勉強は、とても厳しかった。最初に行われた数学のテストの平均点は、九十二点だった。せっかく高校に合格したのにほっとする間もなく、馬車馬のように勉強することに少し疲れを感じた。レベル的には余裕がある学校のはずだったが、何かが違っていた。勉強のやり方が、あまりにも単調で、広がりがなかった。もともと学校で教える勉強はそういうものなのを、美里は忘れていただけのことだった。もはや情熱やなにかではなく、周囲のペースに引きずられているような、息苦しさがあった。昨日までの勉強が楽しかった日々が、幻のようにも思えた。しかし、美里の通知票を安心しきったように開く母の、その笑顔を絶やさないように、美里は気が変になるまで勉強するつもりだった。

友人達はみな、よい子が集まっている様子だった。他所の学校では、親同士が成績を競って目も合わせないという噂を聞いていたので、それに比べれば上出来だと思った。

クラスでは、毎日弁当を持参する人が多かった。美里も当初、母に作ってもらっていたが、そんな時、また分からないことが起こってしまった。弁当のメニューが、来る日も来る日も、全く変わらないのである。毎朝、母が嬉々として得意げに差し出す弁当を、美里は狐につままれでもしたかのような面持ちで受け取った。さすがに、中身が入ったままでは、持ち帰ることはできない。弁当を空にすることが、毎日プレッシャーになった。変えて欲しいと頼んではみたものの、変えてもらうことは叶わず、多少の気まずさを感じながらも、最後には弁当を断ってしまった。専業主婦だった頃の母は、よく料理も作って工夫などしていたが、店に出るようになって以来、デパートで高価な惣菜を惜しげもなく買いこみ、夕食に当てていたりした。しかしそれを弁当に入れれば済みそうなものだが、弁当についてはなぜそういう状況になったのか、美里には全く理解が出来なかった。

（あの、お母さんの、得意げな笑顔はなんだ？）

美里は、箸をくわえて、いぶかしげに首をひねっていた。母という人が、なにやらミステリアスにも思えてきた。

（たしか、小さい頃に作って貰ったお弁当は、毎日ファンタスティックだったよなあ）

美里は小さい頃、昼に弁当のふたを開けたときの、驚きを思い返した。

そして美里は、ある日から学生食堂の新顔になったが、中庭の芝生を眺めるとりわけ日当たりの良い学生食堂は、一面が大きなテラス窓で、天気の良い日はぽかぽかしていた。利用者の少ない割にはゆったりと広く、良く磨かれた白い長テーブルに青い食堂用の椅子が、横一列にたくさん並んでいた。調理場には、年の頃四五十の恰幅の良いおばさん達が三四人、白い調理着を着て家庭的なもてなしをしていた。やがてそこの古狸になるとも思わず、美里が不慣れな心細い面持ちで食券を買いに行くと、そこは思いのほか先生方が常用していて、座って食事をしているだけでも、先生方の好奇の視線が飛んできた。中には、近くまで寄ってきてじっと美里を見ては、美里が目を上げると、引き締まった体でくるっと向き直って何食わぬ顔ですまして立ち去る、思わせぶりな先生もいた。

「うっ……」

美里は、なんだか良く分からないけれども、こそばがゆい気がした。野生の縄張り意識を持っている、それは、のちの学年で美里がお世話になる、世界史の女の先生だった。

そうして、そうこうしているあいだに、家の状況は更に悪化の一途をたどるのだった。

その頃になっても美里は、母と一緒というスタンスに基本的違いはないつもりだった。母と美里は、ときどき、夜遅くまで営業しているファミリーレストランなどで、楽しく歓談した。それは、美里が幼い頃からの、母と二人の外食レストランという、最もなじみの楽しい慣習であった。田舎にいたころの香代と美里は、父のいない土曜日の夜はいつも決まって、郊外のレストランに夕飯を食べに出掛けた。時には、三十分も掛けて、遠くの町まで出掛けたこともあった。それはまるで、母娘は恋人同士のような、そんな光景だった。美里はそうして、ガラスの器に美しく盛られた甘いデザートなどを母と二人で食べていると、幸せとはどんなものかということを考える暇さえないくらい、満たされた気持ちになった。

「これ、美味しいわ」

と、母が嬉しそうにするのを見ると、美里はそれが二倍美味しくなった。美里は無邪気な笑顔で、頷いて見せた。レストランの柔らかいソファーと、オレンジ色の明かりが、母娘をあたたかく照らした。そんな時は、何を話したのかも全部は覚えきれないほど、いろいろな話しをした。そして美里が年頃になった今では、その話は引きも切らず、家に帰ってからそのまた延長線のように、深夜、勉強をする美里の部屋に、母が来て話をしていくこともあった。

そしてちょうど美里が高校一年の夏休みを迎えた頃から、母が毎日のように深夜美里の部屋に通ってくるようになり、美里にあることを訴えるようになった。それは、もうお父さんには我慢が出来ない、という話であった。もはや父の話になると、母は形相が違っていた。そのきれいな顔がだいなしだった。

「あんな男、冗談じゃないわ」

悔恨に似た侘しさが、そう吐き捨てる母の横顔を、少し痩せて見せていた。修復などどだい無理な相談であることは、その雰囲気に触れるだけで、すぐに分かるものだった。

店の営業は、行き詰まっていた。月末になると集金に来るメーカーの態度も、次第に厳しいものになっていった。

「月末の集金日が近くなると、私だけを店に残して、お父さんは店に帰って来ないのよ」

母の話を聞いて、美里も父をひどいやつだと思った。

「今年の年末まで店がもつかどうか分からないって、周囲の人達もそう言っているの」

母は、手に握りしめたハンカチを、ときどきたたみ直したりして、気を鎮めている様子だった。母は続けた。

「お母さんは、お父さんが結婚してくれと実家に挨拶に来たとき、生活には不自由させないからと、新築の一戸建てを買って住ませると言った、あの田舎の家を、お父さんがお母さんに無断で処分していたことを知った時、もうお母さんとの暮らしを、お父さんは捨てたのだと思ったの」

母の気持ちはもう、決まっている様にも思えた。

「でもお母さんは、中卒で、仕事を探しても、満足な仕事は見つからないの……」

さまようように、何度もそんなことを言う母が、哀しくそして小さく見えた。

「美里にも、田舎の親戚にも、迷惑はかけられない」

母は、そう言うと、言葉に詰まった。

　昨今の状況はともかくとして、もう五年以上も前から、母が夜な夜な嘔吐する様子を美里はひとり見ていた訳である。そのことを美里は一度も口に出さなかったが、しかしそんな美里以上に母の苦悩を分かる人が他にいるだろうか？　勿論、母にも数々の落ち度などもあったかも知れない。しかし、父と別れたいという母の訴えに、だめだと言う事は、美里には出来なかった。人生なにがあるか知れない、もし母がこれから別の幸せを掴むなら、それを妨げるなんて出来ない、美里はそう考えた。わたしのために我慢してくださいなどという言葉は、微塵も思い浮かばなかった。いい子というのには当たらない。美里はそれまで、母という人を、とても好きだったのだ。このままでは、母は幸せになれない。それは、どうしたっていけないことだ。美里は、心を砕いた。

　第三者的な別の見方をすれば、なにも最愛の恋人を無くしたからと言って、好きでもない男性と結婚しなくたって良かったじゃないか、とも思われる。もう一度、自分を冷静に見つめる時間が必要だったはずだ。中卒だからと言ってそれで諦めてしまわずに、もっと一生懸命自分の人生を切り開く努力が必要だ。周囲の意見に、負けたりするべきではなかった。人生に困ったら、男で解決しようなんて、うまくいけばいいかもしれないが、落とし穴があってもなるほどだ。しかし、美里がそれと同じように考えたとしても、美里の母に対する愛情は、それとは別のものであった。現実に今、こうして苦しんでいる母に、昔話などしてお説教しても、お茶を濁しているだけで、人は救われないのである。交通事故で心臓が止まりかけている人に、交通安全の講義をするようなものである。いつでも、人生の後悔は、先に立たない。それに、父に対しては、もっと厳しいことが言えるかも知れないのだった。とにかく、そのまま母を家に縛り付けておくことは、とても残酷なようで、美里には出来ない気がした。自分自身は、成長して社会人ともなれば、自分の人生の可能性が開けているのだった。しかし、母には、なにがあると言うのだろう。美里は、自分が嫁に出た後も、暗い面持ちで離婚しようか迷う、年老いた母の姿を思い描いた。たまらなかった。美里は、その空想から目をそむけるように、横を向いた。

わびしかった彼女の人生に、自分はなにをあがなってあげられるというのか。何も、償うことなど出来はしないのだ。そして人は、わびしいままに、死んで行くのだ。

「そんなに辛いなら、別れていいよ」

深夜に渡るやりとりの末、今一度の可能性を望む母に幸せになってほしいと、美里はエールを送った。

美里が、母も誰も愛さなかったら、何事も無関心のまま、別れていいとも言わず、そのほうがずっと楽だったかも知れない。

最後の夏祭り

そんなある日曜日のこと、母は美里を外出に誘った。

「ねえ、夏でお祭りをやっているみたいなんだけれど、今度行って見ない？」

美里は、即、オーケーした。

「どこでやっているの？」

「九十九里の方みたいなんだけれど、聞いたところによると、海辺で花火もきれいだって。車で出掛けて、向こうで夕飯も食べてくればいいじゃない」

母も、楽しそうだった。美里も、そう聞いて、急に楽しみになった。母と夏祭りに出掛けるなんて、子供の頃以来であった。美里の脳裏に、子供の頃に行った夏祭りの賑わいと、まだ若かった頃の母の浴衣姿がまぶしくよみがえった。若かった頃の母の姿をしのぶと、自分が大きくなったというちっぽけな成果のために、母に歳をとらせてしまったような、一抹の罪悪感を覚える。

日曜日は、晴天だった。母は、ひそかに買っていたガイドブックを見て、行きたい場所を決めていたようだった。夏ももう終わりを告げようとする九十九里の海は、静かに波が寄せては返して、母娘と戯れ合うかのようであった。

「美里、覚えてる？　小さい頃のことは、なんでも忘れちゃうんだから。前にも一度、九十九里に来たことがあったよね」

母は言った。それを聞いた美里が、まるで心外なことでも聞いたかのように、すぐに言った。

「覚えてるよ。小さい頃、須藤さんの家のお母さんと子供たちと、五人で民宿に泊まって、それでラクダにも乗ったよね」

「そうそう」

母は、笑った。

「あの時買った星の砂や、貝殻の詰め合わせが、白くてきれいだったね。あんなちっぽけなお土産でも、あの頃はすごくうれしかったなあ」

空を仰ぐ美里の髪を、潮風がやさしく撫でた。美里には、小さいあの頃は、ずっと世界が身近に感じられた気がした。

「美里が、それだけ、大人になったのかも知れないわね。九十九里は、はまぐりがおいしいんだってなんて、小さい美里は言わなかったものね」

「うふふ」

美里は母の流し目を受けて、ばつが悪いように笑った。

夕刻になると、母娘を乗せた車は、安房小湊の海岸に来ていた。夕日が山の端をオレンジ色に染めると、その町はまるで、昔にタイムスリップでもしたかのように、のどかな表情を見せていた。

「ほら、あそこを見てごらん」

港の近くで車を止めると、母が言った。母の指差すほうを見ると、そこには祭りの運営本部のテントが張ってあり、幾人もの町の人らしい人影が、慌ただしく動き回っていた。

「ああ、あそこでやっているんだ」

美里も、母のあとを追って、祭りの様子を見に行った。夕日が次第に薄くなっていき、夜の帳が下りると、やがて、波止場には大勢の人が集まり、一つまた一つと、ロウソクを灯した小さな船が、水面に並べられていった。

水辺に群がった地元の人達は、子供から老人までさまざまな人がいる様であった。笛や太鼓の音はなくさりげなく静かで、それぞれの人達にとってほんのりとしたような、そんな時間がそこにはあった。さながら小船に行燈をちょこんと載せた格好の灯篭は、どれもみな格好が一様で、その機械的な様相が逆に、幽玄の美を醸し出していた。そのあたりは、入り江のために海でありながら、波が穏やかであった。黒い水面の小さな波紋にろうそくの灯かりが細かく反射して、ところどころにきらきらと瞬く。たくさんの灯篭が水に浮かぶと、まだ夕日が残っていたかのように、あたりには赤い光がただよった。

「お母さん、お祭りって、精霊流しだったの？」

美里が言った。

「そうよ。送り火といってね、愛する人の魂を帰すのよ」

あとからあとから水に浮かべられた無数の小船は、ロウソクの光でその周りの水面を照らしながら、暗い海のかなたをめがけて、潮の流れに列をなすように、ゆっくりりと流れて行った。母娘は、その美しい光景に、しばし言葉もなく見入っていた。やがて、大きな音とともに、夜空を大輪の花火が彩った時に、母はふと我にかえったように言った。

「美里と一度来てみたいと思っていたの。美里、今日は来て良かったね」

美里は、少しく興奮していた。

「お母さん、わたしこんなきれいなのって、見たことないよ」

美里がそう言って、母の顔を見ると、母は横を通り過ぎて行く、幼稚園児くらいの女の子を、ぼんやり見ていた。

「美里にも、あれくらいの頃があったわね」

まるで、懐かしいものでも見るかのような目で、母は独り言のようにつぶやいた。母の瞳に映るのは、遠い日の思い出だけであった。美里は、母の瞳のなかに、今という時を探した。


美里は、後になって思うのだった。あの昔、静かで安らかなときが、そのまま止まってしまえば良かったと。母はあのとき、昔に帰りたいと、思ったのだろうか？

やがて家路を走る車の窓には、町の明かりが次第にまばらになり、幹線道路を照らす街灯だけが、一列に目立ってまたたいた。美里は、その静寂に聞き入るように、再びまどろんでいった。

母はあの日、娘と暮らした最後の思い出に、あの場所へ行こうと言ったのだろう。あの灯りを灯した小さな船は、遠く暗い海に流されて行く、母と自分のように思えるのだった。

親族争い

そして、その夏の終わり、とうとう母は家を出て行った。

しかし、このとき美里は少々思惑が外れたことに、心を痛めた。それは、まさか母が置手紙ひとつ残して、忽然と居なくなろうとは予想していなかったのだ。また、なにか相談してくれることを期待していた。美里は、母の残した手紙を読み終えると、遅いことは分かっていても、靴も履いたか履かないかのうちに、急に家の外に飛び出して、母の姿を探した。夕暮れの中に、母の姿はなかった。川沿いの土手の芝生が、夕暮れ色に染まっていた。辺りには、美里が開け放した門扉が、キーコキーコと戻る音だけがさまよっていた。

やがて、なだれこむように部屋に戻ってきた美里は、冷たい床に手をついて座り込んだ。ひざが床に当たって、鈍い音を立てた。そして、母が居なくなって急にだだっ広くなった家の中で、ひとり途方に暮れていた。そういえば、ちょっと前に、その日は休日で美里が自室で昼寝をしていた時に、母がドアをかすかに開けて、そのまま静かに去って行った。何も最後に一瞥し、それで出て行かなくても良さそうなものだと、とりとめの無い事を考えた。どうせ出て行くなら、嬉々として爽やかに出て行ったらいい。ほとんど意味の無い事を考えた。でも、母にとってはもう十五年も暮らした家庭だから、それだけの一大事ともなると、必死の思いで出て行ったに違いない。自分の思惑が外れても仕方がなかったのだろうか。美里は、混乱する頭で考え込んでいた。しかし、予想していたことではあっても、二、三日はさすがにショックで、ずっとめまいがしているような感じがした。その日から、食べ物の味さえも、変わってしまった気がした。

それからあとは、ある日突然孤児院に里親が現れた如く、美里とはろくに話したこともない父親が美里の部屋を訪れて、いろいろ話し始めた。

「ちょっと、話しがあるんだが、いいかな?」

美里の部屋に入るのか入らないのか、迷ったような位置に立って、父の貞生は言った。

「お父さんとお母さんは、離婚することに決めた。もう、届けにも判をおして、お前のお母さんが持って出ていった」

「……」

美里は、なにも言わず、なにも聞こえていないかのように、ただ父をじっと見つめて黙って聞いていた。父の貞生も、そんな美里の様子に、次第に声がうわずった。やがて美里が、やっと重い口を開いた。

「離婚することは、お母さんが置いて行った手紙に書いてあった。でも、なに、まだ届けは出していないの？」

「あとは出すだけだから、すぐに済むだろう。ただ、お金のことは、まだ話がついていないが」

貞生は、力なく言った。美里は、自分の机に向き直った。

「それから、……お父さんが美里の親権者になった」

父の言葉に、美里は再び振り返ってなにかを言おうとしたが、何を言えばいいのか言葉が見つからず、ただ、

「そう」

とだけ言った。沈黙が訪れると、父は叱られた子供のように、所在無く美里の部屋を出て行った。

親権の問題は、美里にとって一番大切な問題であったにも関わらず、美里の意向は全く考慮される余地がなかった。美里はそのとき、少なくとも、自分が母と別れるつもりはなかったの

である。

（なんということだ）

美里は、机の上で、額を押さえていた。開いた本には、静まり返った部屋の中に、かすかな音を立てて、大粒の涙が落ちた。


父という人は、長い間、美里を思ってくれていた人らしいということは分かるのだが、それ以外にはなにも感じられなかった。自分は、その父と二人で、暮らして行かなければならないのだ。子供とはなんと無力なものか、美里はやるせなく思った。

とりあえず、両親の決めた居住形態を、美里は黙認した。双方の合意であるなら、それは相当の意義のあることなのだろう、と思った。納得したのとは違う。どこかで、母親に対する気遣いがあったのかも知れない。暮らしの上でもなんの上でも、出て行った母に余裕などあろうとは思えなかった。その上自分が掻き回したら、母の香代はもっと辛くなるに違いないと思うのだった。そして、父がひどく自分の親権に執着していることを知るのにも、さほど時間はかからなかった。

母が出て行く、それが究極の悲しみでそれで終わるという、そういうわけではなかった。間もなく、母方の親族が連絡してきて、骨肉の争いを始めた。父の貞生は、少々気が変になり、家の中で独り言を叫ぶようになった。

「誰だって、悪いところばかりを並べ立てれば、悪い人間にならーで」

興奮している話しの内容から聞くと、離婚をめぐって相当いろいろ、親族と言い争ったらしい。貞生は、そこいらへんにあるものを叩き落したり、壊したりしていた。その音が、美里の部屋にも聞こえてきた。

（ついて来たくなければついて来なくていいとまで言って、だめもとでやったことの結果でしょう？　自分はいいじゃない、自分は。納得のしようがあるじゃない）

口には出さないまでも、しかし、美里は心の中でそうつぶやいた。階段を降りると、美里は冷ややかな目で、遠くから父を見つめていた。

（そんなことで、これ以上迷惑するなんて、まっぴらだわ）

美里の心の中には、押さえきれない怒りがこみ上げてきた。美里の毎日は、急にいろいろな物事に対して、心の中で激しく戦わなければならない、そんな毎日になった。

母方の祖母がはるばるやってきては、美里と父の食事などを作ってくれた。美里のことが心配でならず、と親族も揃ってその状況を解釈した。だから、祖母が自分を気に掛けてくれている、そのことは美里もうれしく思ったが、何かの拍子に

「わたしがおまえのお父さんと、同じ部屋になんか眠れると思うかい？」

など言い出し、こころの中にある父に対する憎しみを隠すことは出来なかった。

美里が、呼ばれて母方の親族のところへ顔を出すと、田舎の親族は、美里の両親の離婚のことで、話しがもめていた。

「美里を、うちで引き取るかい？」

伯母の幸江がぽつりと言う。それまでは、美里の母方の親族は家族同様行き来する間柄であった。

「そうだな。……。美里はいい子だし。美里、うちに来るか？」

伯父がそれに答えた。すると、当時社会人になって程ない従姉の美穂が、美里を横から睨みつけた。

「あんたたち、この子をうちで引き取るんだったら、老後はこの子に面倒見てもらいなさいよね」

アイスクリームを食べながら、ふてくされた美穂は言った。アイスクリームのカップの底を

こすっていた美穂は、空になったカップにスプーンを放り込むと、テーブルの上になおざりに置いた。美穂は、美里の家に何ヶ月か下宿していたこともある従姉だった。伯父伯母は、揃ってうつむいた。

「やはり、美里にはお父さんもいることだし」

伯父はしばらくして、力なくつぶやいた。

やがて、親族の勢いは、とどまるところを知らなかった。

「どちらか、一方を選ぶんだな」

「お父さんと一緒にいる限り、こちらの親戚には来にくくなるだろうな」

「まあ、世の中、そういうもんだな」

伯父たちは、口々に美里に言った。そして、しばらく誰も何も言わなかった。重苦しい空気が漂った。美里は、終始何も言わなかった。縁側の向こうに見える、土を耕したような庭に、日が当たっていた。庭の隅に一列に伸びた葱の緑色が青々と萌えていて、そこだけ妙に際立っていた。

そして、縁側に向かって座っていた祖母が、横にいた伯母に向かって小声でもらした。

「あんなことってあるかい。……香代は、かわいそうだよ。でも、捨てっちたらあ、こっちの負けだかんね」

　わずかな沈黙の後、一族の白い目が再び美里を捉えた。

「いまは、子供が親を捨てる時代だっていうからね。香代が、わたしは家の中で誰からも必要とされていないって言ってたけど」

「お前みたいな、十六、七の小娘なんかになにが分かる」

「お前みたいなろくでもない子は、どんなことになってもなるほどって感じだね」

　美里に食って掛かるように顔を寄せて、美穂も言った。細い目が侮蔑の色でますます細く見えた。美里以外の親族は、某かを互いに共感しあっているかのように、ときどき顔を合わせては頷き合ったりしていた。彼らも、香代や貞生本人に、言いたいことはあったのかも知れないが、本人たちが出て来ない分、その攻撃は娘ひとりに向けられた。勿論、父の貞生は、美里に同行するような勇気の一つも、持てなかっただろう。そこでは誰も彼も、意味も無く偉そうな態度であった。親戚という理由は、他人では出来ないほどの傲慢を、出来るようにするらしい。それらは、美里を一人の人間として相手にする態度とは、程遠いものであった。

　彼ら親戚が昔からそういう態度だった訳では全くない。それは美里の両親が離婚すると同時に、それまでとは手のひらを返したような、仕打ちであった。ただ美里に来るなと言うのであれば、理性的に訳を話して同意を求めれば、美里は多分了承したであろうに。

（わたしにどうしろと言うんだ）

美里は、無言のうちに、怒りがたちこめてきた。

そして、ついにはそうした親戚争いが、美里と母の仲を決定的なものにしてしまった。十六、七の小娘でも、事の是非くらいは分かるものなのである。それよりもむしろ、美里の目の前でとった親族の態度が、人間としてあるまじき行為であるということを、そのことは美里に嫌というほど分からせてしまった。あるいは、母は訳ありで、自分に都合の良い様にだけ、親族に話したのだろうか？母に対する疑念が湧いた。美里はこれまでの人間観の甘さを痛感した。これが、親戚というものなんだ。親交が深かった分だけ余計に、真実を見た気がした。自分で食べて行けない弱者や、解決出来ないほどに大きな問題のある者たちは、やがて邪魔にされていくのだ。きっと相手は自分の力になってくれる人間、という幻のようなものを相手の中に期待することが出来る間だけ、親戚は美しい。

なにも手助けは出来ないにも関わらず、傷心の娘に対して、なおも父親と引き裂こうという。なんのために？　母とは一緒に暮らせる訳ではないことを、実は彼らは美里よりも良く知っていたはずなのである。それは、美里のことを思って言っているのではなかった。どちらの側につくかという、一族の単なる名誉の争いのプロセスに過ぎない。当事者の立場は、二の次なのであった。美里は、そのような者達の行為を、生涯許すことはないと思った。

「美里かい？　うーーん、元気そうじゃないかい」

祖母は、毎日のように、美里が帰宅する時刻が過ぎると電話をしてきた。

「元気だよ」

美里は、祖母とは言っても、実の母ほどには、話がはずまなかった。

「夕飯は食べたかい？」

「うん」

「何食べたんだい？」

「クリームコロッケと、サラダだよ」

「そんな、栄養にならないものじゃだめだよ」

祖母は、心配性だった。

「大丈夫だよ、毎日違うものを食べているんだし」

「すぐ、お前は大丈夫だなんて言うから。それじゃ、まるで、お前のお父さんと同じだよ」

「……」

「ああ、行雄おじちゃんが帰ってきた。ねえ行雄、言ってやっとくれよ。美里が、栄養に気をつけないとだめだってよ」

「知るか」

電話の向こうから聞こえてくる。

「美里が、今度演奏会に出るってよ。行雄も、行かないかい？」

祖母に代わって、伯父が出てきた。

「うちの人間は、行かせることは出来ないから」

「どうしてですか？」

美里が尋ねる。

「お前の、親父に聞いてみろ」

どうしたって、そんなふうにしかならない話し合いを、美里は、なにもこれ以上、無理に続ける必要はないと思った。大家族の担い手だった伯父は、恐れそして不服に思っていたのかも知れない。将来、香代の扶養の面倒が、自分に背負わされるかも知れないということを。しかし、ひとつの勝ち負けしか争えないさもしい者達に、救いはあるのだろうか。

「もう、いいよ」

と、美里が言うと、

「何がいいんだい。何を言うんだい、この子は。そんなことじゃあ、だめだ、美里」

祖母は、納得しなかった。

「そういうものじゃない。お前も、お前のお父さんも、そういうところがいけないよ」

美里は、早く話が済むのを待った。もはや、迷惑であった。

「毎日毎日、そんなふうにあれこれ嫌な風に言ってよこすなんて、非常識じゃない？」

ある時美里は言った。

「なに言ってる。私たちから見れば、お前のお父さんのほうが、非常識だよ」

返事が返って来た。


母は、美里のもとへ、稀に電話をかけてきた。母は、

「昨日親戚のところへ電話をしたのだけれど。なんだか、全然、わたしの頼んだこともちゃんとやってくれないのよ」

と不満を漏らし、そして、

「わたしは言ったのよ。わたしは娘を捨てたつもりはないって」

と、美里にはいささか話の脈絡が掴みかねることを、いきなりまくしたてていた。

「なんの話?」

美里が尋ねると、

「ううん、べつに。……」

と口ごもった。こんな、母との距離感を、いつから感じてきたことだろう。美里は考えていた。ある意味では、仕方のないことなのかも知れない。そう思ってはみたが、心は晴れなかった。昔のように、母を理解することが、出来なくなっていた。

「お母さん。わたしはここでお父さんと暮らすのはいやだわ」

美里は、不意に言った。

「嫌って、お前……。そんな、急に言っても、準備しないといけないこともあるし。どうしても、我慢できないってことね?」

「うん」

「……。そう、分かったわ。考えるから、ちょっと時間をちょうだい」

美里は、真剣な眼差しで受話器を握ったまま、母の言葉を聞いていた。美里は、本気で母のところに行こうと思っていた訳ではなかった。ただ、そう言ってみたかった。

しかし、美里は、母の親族が自分になんと言ったのかも、話すことはなかった。そして、捨てたつもりのあるなしは、もうどうでも良いと思った。美里は、疲れきっていた。母が出ていってから、美里のことが心配でならないという祖母がいつも電話を掛けてきては、あれこれ言われてしまいには親族の論争になる日々だった。よくもどうしてそんなに、毎日毎日もめることがあるものだ。父は、娘がとられでもするのではないかと、殺気だっていた。

「お前は、向こうに行きたいんだろう。行きたいのではないのか?」

電話で誰かと話をしている娘の横で、父は不安でたまらない様子で、かりかりしている。家の中が、ひっちゃかめっちゃかになっていた。生活が、せめて静かになってくれないか、美里はそう願っていた。そのままでは、最初は押し付けられたものではあった、父と二人の生活も、まともに営むことは困難だった。この辛い争いに幕を引けるのは、どうやら美里自身をおいて、他には誰もいないようだった。母は、電話番号も教えてくれると言った。しかし、絶対にメモするなというのだ。父が、血まなこになってそれを探し出し、新しい生活が妨げられるとでも思ったのだろう。にわかに、父に対する哀れみが浮かんだ。

父は商売柄、地元の人たちと顔なじみになっており、美里もときどきそういった地元の人た

ちと顔を合わせることがあった。人はみな、

「嬢ちゃん、お父さんを捨てたらだめだよ。嬢ちゃんが生き甲斐なのだからね」

と、口々に美里に言うのだった。

「お父さんが悪いところは直す。お父さんは変わる。だから、それまで待ってくれ」

父は、昔、横柄な男だと、美里は思っていた。それが、このていは、なんだ。

美里は、ついにあるとき、こう言った。

「お母さん、わたしは電話番号を覚えても、ときどき間違えたりするから、教えてもらわなくていいよ」

それから、美里は、電話や呼び鈴に、一切出なくなった。

母の裏切り

美里の決意には、他にも事情があった。母は、家を出てから何度と無く、引っ越しをしていた。電話番号をメモするしないの話し以前に、一、二度美里は母に電話をかけたことがあった。すると、その時電話に出るのが、男性の声だった。

確かに、母が家を去って以来、美里は変な話しを、母方の祖母の口から聞いていた。その話しによれば、母には愛人がいたというのだ。美里も父も、良く知っている人物だった。美里自身も、なんとはなしに、そういった事実をうっすら予感はしていた。友達という人と、深夜に長電話したり、外出したり、母の行動の中に、確かにそのようなことがあった。そんなとき美里は、本当のところが分からなかった。だから、本当に母の言う友達だったら、微笑ましいと望んでいた。それだけであった。

そして、電話の不審な男は、初めから言葉少なではあったが、美里と分かると急に何も言わ

なくなり、母にかわるのである。そして、出てきた母に、

「誰かと一緒に住んでいるの？　今出た人は誰？」

と聞くと、

「誰もいやしないわよ」

と、母は言った。

そのとき、美里の中で、何かが崩れて行った。

（父と離婚することまでも認めてあげた私に対して、このやりかたはひどく失礼だ）

美里は、憤りに似た感情を覚えた。

（そんなことがあったのなら、正直に話して欲しかった。いいとか、悪いとか、難しい問題はあるにしても、電話に出た人をいないと言うなんて）

美里には、どうしても、その母の行為が捨て置けない気がした。母の自分に対する一番の裏切りは、本当のことを偽ったことだと、美里は思った。

本当の人と人とのつながりは、ALL　OR　NONEではない。美里はそう感じていた。たとえそれがひどく悪いことでも、父を裏切った行為でも、美里という娘とは、人間として付き合う意思があるというのであれば、誠意をもって弁明すべきであった。それが容易なことで

はないからといって、ぞんざいに片付けたことで、美里は、母という人を信じられなくなってしまった。それは単に、母に愛人がいたからだけではなかった。

（この人は、こういうときには、娘の私をこんなふうに欺いても平気なんだ）

美里は、表情がこわばったまま、

「そう」

と、上の空の返事をしていた。

「なによ？」

母は、美里の気持ちを量りかねた。

（許してもらえないなら許してもらえないで、そのことを潔く受け入れて生きるべきではないか？　娘を騙してまでも、しなければならないことなのか。どうして、わたしに打ち明けてくれないのだ。わたしがどんなに深くお母さんを思っていたかも信じることが出来ず、あからさまな嘘で応酬するのか）

大人の汚い都合など、くそくらえと思った。

（私は、お母さんを守ってあげただろうに）

底知れぬ腹立ちが込み上げてきた。

（こんな娘を欺くような人と真面目につきあっていたら、いつなんどき陥られるかすら知れない）

やがて、恐怖感に似た感情が、美里を飲み込んで行った。

黙り込む美里の横から、たまたま横に居合わせた、祖母が受話器を取り上げた。

「香代かい？　お前、こんなかわいそうなことを、美里にしないでおくれよ」

涙声の祖母に、香代は口ごもった。

「お前が、どんな暮らしをしようが、どこでのたれ死のうが、知ったことじゃないけれど、そんなふうに美里を傷つけて平気でいるんじゃないよ」

「なにがって、お前、美里があんまり見ていて可哀相だから言ったんだよ」

張り詰めた興奮の中で、祖母は言った。祖母のそんな強い物言いは珍しかった。

祖母は、黙っていられなかったのだろう。こんなことを美里に話してくれた。

「愛人の男の家庭が先に壊れたんだよ。ばれたんだろ。入り婿だったっていうから、水ぶっ掛けられて、洋服やらなにから外にポイポイ放り出されて、追い出されたらしいよ。そりゃあそうだろ」

祖母は、自分の娘の行為が、相手の妻に恨まれてはしないかと、気に病んでいた。そして、怨念がどうだこうだとか、口走っていた。

「それで、お母さんも、困ったんだろ。こっちも、家を出ないわけにいかなくなったんだろ。相手は店の関係者だったから、今年の年末にはこの店はサラ金でも借りなきゃやっていけなくなるとかなんとか、いろいろ吹き込まれたらしくってよ、騙されたとか言ってら」

祖母は目に涙を浮かべて、せせら笑うように吐き捨てた。歳のせいで少し痩せてくぼんだ目には、祖母の深い悔しさが滲んだ。美里は、自分よりも祖母のほうが、純粋なのかも知れないとさえ思った。美里はそう聞いても、それは心配しなかった。母は父に耐えられなくなっていた。そして、女一人で暮らすにも、自分は中卒だからろくな仕事もできないと、そう言っていた。今の状況がベストだったか不満足だったかは、知らない。しかし、母が明日に踏み出すためには、どちらに転んだとしても、必ずや誰かの助けが必要だったのだ。


美里は、窓の外を遠く見つめていた。住宅街が立ち並ぶ向こうの、ターミナル駅を中心に、小高いビルが曇り空にかすむように、聳え立っていた。それをどれだけか遠く越えた向こう側に、かすかに、遠い昔を見出そうとしていた。子供の頃、美里は毎年春がやってくるのが楽しみだった。かつて毎年、春には母と二人でよもぎ摘みに出かけたものだった。よもぎ摘みは、美里の好きなよもぎもちを作るのに、何キロも歩きながら、道端のよもぎの葉を、紙袋いっぱい摘んでくるイベントだった。田畑の続く小さな山のふもとで、母と美里は並んでよもぎを摘んでいた。ふいに母は手を休めると、美里の小さな手を取り、汚れた土をいとおしげに払うと、小さな手相を見て、自分と同じ手相にはならないようにと、言っていた。

「お母さんみたいな結婚は、するんじゃないよ。お母さんのは、逃げの結婚だ。お前は勉強して、手に職付けて、男に選ばれるだけではない、人生を生きるんだよ」

母の言っていることのすべてを、幼い美里が全て分かっていたとは思いがたい。しかし、それらの言葉は美里の胸に深く刻まれて、そのときの暖かい日差しの輝きと一緒に、今も思い出すのである。美里は、母という一人の女を、いとおしく思った。

母は、美里が年頃になって好きになった男性から美里に電話が入ると、時にはその時間と知っていて、電話がかかってくるのを気に掛けている美里を挑戦的な横目で見ながら、愛人と長電話をすることもあった。そんな時、一瞬は美里も頭に来るが、しかしその母親の哀れな存在は、不憫とさえ思われた。手に入れるべき幸せに逃げられた、今も虚しい女であった。母は、美里が幼い頃から人に美人ともてはやされるような、魅力的な女だった。物思いに沈んだ顔で、制服姿の美里は階段を上った。母の声が遠くなりかけた時、不意に叫び声とも泣き声ともつかない母の声が、長電話の相手に必死に訴えるのが聞こえた。

「だって、娘はまだ……、中学生なのよ。まだ、中学生なのに。まだまだ、これからだと思ったのに。中学生なんてまだ子供じゃない。なのに、男から電話がかかってくるなんて」

美里は愕然とした。その慌てまくった様な必死な言葉が、美里の胸に深く突き刺さった。

美里は、結婚を憎んだ。誰が決めたか知らないが、国民に結婚は女の幸せだなんて言う無責任なデマを教育し、本人の真意も解さず周囲が女を結婚に駆り立てる、そんな文化を憎んだ。母はなぜ、幸せになれなかったのか。

女が壊れるとき、それは、生まれてこのかた染み付いた、人生の幸福のイメージ、その多くは幸せな結婚のイメージが、音を立てて崩れ去ったとき、自分は不可避的不可逆的に失敗したのではないかと感じたとき、それまで努力して生きてきた女であればそれだけ余計に、壊れるかもしれない。壊れても、立ち上れる女なら、まだいいほうだと思う。香代のように、無力な女では、それも難しかった。

結婚というのは、幸せになる人もあり、不幸になる人もある。しかし、本当は、それがいけないのだろうと思う。誰もが皆不幸なら、香代とても、それに甘んじたことだろう。結婚は、僅かな期間ではない。長い間に、当初は予期しなかった事故が起こらないとも限らない。そして、成功した人は成功したまま固定され、失敗した人は失敗したまま固定され、一度選んだら原則生涯変えられない仕組みになっている。そしてそれが、完全に、選んだ個人の責任だと決められていたら。敗者は、永久にかえりみられることがない。それは、人間の断絶と反乱とを生じさせる。それでも、一部では公正だと思われている。欺瞞である。ひどい賭博である。きっと幸せになるという思いこみの夢に人生を賭して、身を滅ぼすような危険のある賭博は、させない規制をするのが、道理というものである。人間の生と尊厳とは、どんな状況になっても、常に失われることなく、実現されるべきである。どのようにしたらそれが実現できるのか、また同時に、予想外の失敗を生じたらどう救済できるのか、に正面から取り組んで行かない限り、人によって作り出された未だ不完全な制度が起こす冒涜は、いつまでも人々を苦しめるだろう。もはや、特定の誰かだけを悪者にして、片付く問題ではない。

結婚には、人の生活全般に渡る幸福という不明確で多義的な尺度しかない分、誰にでも当てはまる基準というのは見出しにくい。さらには、一人一人の日常生活の細かな条項まで、契約も管理も出来ていないのだ。そして、家族が少子化核家族化と変容すれば、家族間で対立が生じた場合、強いものが前に進むだけとなる。それはときには、残虐な無法地帯を作ることさえある。

父娘の暮らし

　父は、妻の愛人のことを知っており、その後の風の便りを聞いては怒っていた。父の気持ちは分かる気もした。父は、人に笑われても仕方が無いほどに不器用に、それはそれは妻を愛していた。実に美里の母が家を出て、その後十年にも渡って、どこどこでお母さんらしき人を見かけた、という父の話しは続いた。

「なんだか、きつい目になっていたぞ。お父さんが、こう、なあ、駐車場から出ようとしたとき、その前を通り過ぎたんだが、あれはどう見ても……」

　父が、珍しく積極的に美里に話しかけてくるとき、だいたい内容はそんなところだった。そんな話になると、父は五里霧中状態となった。そして、

「父さん、もう何年経ったの？　十年だよ。もういい加減やめたらどう？」

と美里に言われるその日まで、父は妻の影を探していたのだった。美里は、悲しみを胸に湛

えていた。父もかわいそうに思え、また母についてももう時効にと、二人ともを解き放ってやらなければと思っていた。美里は父に尋ねてみた。

「どうしてあの時、私も聞いたけれど、ついて来たくなかったらついてこなくていいなんて言ったの？」

父は、思いのほか素直に答えた。

「なんだかんだ言っても、きっとついてきてくれると思ったんだ。良くテレビでもやってるじゃないか。苦労はしても、家族で力を合わせて、どこでもみんな頑張っているじゃないか」

「……」

父の目には、メディアの仕組んだ娯楽番組が、人生の全てだと映っていた。あれは、娯楽番組だと美里は言おうとしたが、今更言っても虚しいだけだと思って、やめた。社会に都合の悪い暗くて醜いだけの番組なんて、見ていて寒くなるだけである。視聴率を気にするメディアの誰が、スポンサーになるだろう。また誰が、被写体になるだろう。目の前の現実を無視した、メディアマニュアル信奉は、最悪である。

「でも、店を始めてからも、もっとお父さんが、お母さんの話を聞いてやるんだった」

「……」

今頃になって言っても、それは余りに遅すぎる言葉だった。

父の貞生は、香代が出た行ってすぐに、新しい家のパンフレットを持ってきた。マンションを買うのだと言い出した。

「うちのどこにそんなお金があるの、お父さん」

美里は、半ば呆然とした。

「そうだよ、美里の言う通りだよ、狩野さん。今は、商売の借金を返して、美里が学校を卒業して、そのときに余裕が出来れば買えるじゃないかい?」

祖母も、とてもではないと、思っていた。結局、美里や周囲の反対にあって、そのマンションが買われることはなかったが、なぜ、全てが終わるまで、分からないのだろう。全てが終わって分かっても、もう誰の役にも立たないのに。

そんな人には、長年を掛けて悲しみを育ててしまう癖があるのかも知れない。

それでも、父娘二人の暮らしには、父の誠意が何よりの救いだった。日々の暮らしは、つつましいものであった。父は、毎朝千円をテーブルに置いて仕事に出かけ、美里はそれで日常の大体のものをまかなった。当初は美里が夕飯を二人分作ったが、程なくして、

「こんな料理を食べていたら、親子共倒れになってしまう。お父さんは外食するから、作らなくていい」

と貞生は美里に言った。美里は、不思議と腹も立たなかった。こんな状況にいる自分と娘を、貞生は情けなく思っていた。こんな料理と言いながら、胸が押しつぶされそうに辛かったのは、父の貞生であった。確かにそうかも知れない。千円で三食まかなうには、美里の料理の腕は、まだまだ未熟であった。美里は、料理の本を買ったり、図書館で見たりしては、結構ものめずらしいものをいろいろ試してみた。アルミの打ち出し鍋にだしをとって、ジャガイモの皮できんぴらを作ってみたり、くず野菜でシンクを磨いたり、試したことがうまくいくとひどく嬉しくて、美里は毎日の暮らしの中で生き生きと成長して行った。

ただ、父は夕食に帰らなくなったせいもあって、また家が狭いので美里が勉強するのに不便だったからか、いつも帰りは十二時を過ぎていた。娘が十五になるまで話したことは数えるほどにしかない父親が、急に娘と対面しても、いいことずくめではないから、昔の話が出ると喧嘩にもなり、滅多に顔も合わせなかった。ただ、美里が学校から帰ると、不器用にも、神棚に毎日不似合いなお供えが置かれていた。焼き鳥屋のお土産一パック。ひとりでは食べきれないほどのケーキ。ある時は、箱の中を毛蟹が歩いていた。

「なにこれ……？」

制服姿の美里は、怪訝そうにお供えに顔を近づけて見ていた。小さなものから、巨大なものまで、よくよくへんなお供えがしてあった。美里がその後何年もして成人を過ぎる頃、父に尋ねた。

「前から不思議に思っていたのだけれど、なんであんなものがお供えなの？」

父は、今にも泣きそうに、言うのだった。

「お前が、美里が、死んでしまうのではないかと、思った」

父の貞生は、娘に母親がいなくなって、娘が餓死すると本気で信じ込んだらしい。それがたったひとつ、美里に理解できる、父の愛情であった。

しかし、美里も、さすがに閉口することがあった。風邪で高熱を出して寝込んだとき、父に薬と昼ご飯を買ってきて欲しいと頼んだら、父親はいそいそとパン屋に行って、ショートケーキみたいなパイみたいな菓子パンを多数買いこんできた。美里は、礼を言ってそれを受け取ったものの、吐き気とめまいがしてきた。美里は、とりわけパイ生地がべとべとしているような、甘い菓子パンが大嫌いだった。お母さんなら、こんなことないだろう。美里は、熱のせいで、急に母親が恋しくなった。それからは美里も、お昼を頼むときには、選択の余地の無い注文の仕方にした。

母のいない寂しさ

美里は、妻に去られた父に、母を思ったふうに話すことは、一度もなかった。なかなか、そんなふうに話せるものではない。母のことは別に、たいして気にも留めていない様に、振る舞った。ほとぼりがさめるまでの仕事だと思った。

「あんな女」

と父が言えば、

「まったくだね」

と相槌を打ったりした。ましてや、お父さんよりお母さんと暮らしたかったなど、言葉にも態度にも、表すことはできなかった。しかし、そのために、

「あんなお母さんなんか、いなくなってかえって良かったんだ」

と父が言うのを聞いて、再びひとり苦しむのであった。

母がいなくなって忽然と開いた大きな穴は、美里の虚しさを時には掻きたてた。母親と連れ立って歩く人の姿を見れば羨ましく、空想の中でだけでも、自分の親を自分の気に入ったように出来たら気持ちが良かろうと、刹那的に考えたりもする。それは、いくつになっても、たまにそういう衝動にかられるのだ。多分それは、この人生の中ではずっと終わらないのだろう。

母は、常に美里の最高のアドバイザーだった。その昔、人生の大事も些細なことも、母に相談すると母が助けてくれた。そして、その母の助言は的を射ていて、きっと美里を良くしてくれた。だから美里も、何の心配もなく、母に頼ることができた。しかし、母がいなくなってそれから先々は、一つの例外も無くどんな場合でも、すべてのことを自分一人で考え決定し、生きていかなければならなかった。口で言うより、それは、簡単なことでも、両手放しで喜べることでもなかった。父親は、母親が果たしていたのと同じ役割は、果たせなかった。父に相談したとしても、その返ってくる答えは、母の時とはまるで異なっていた。それは、一人の人間と同じ生き写しの身代わりがいないことと同じである。

確かに、両親が離婚して以来の周囲の争いは、娘の心を真二つに切り裂くようなものだった。そして、その決着に、美里は、母を忘れる道を選んだ。だが、それはやはり、自分の命の一部と別れる道と同じく、自分を追いこむことになるということさえ、美里はもう分かっていたのである。分かっていても、他にどうすることも出来なかった。

美里は、クローゼットの奥のほうを、なにやら探し物していた。

「ねえ、お父さん、わたしのアルバム知らない？」

「さあ、なあ。捨ててはないと、思うけどなあ」

父は知らないようだった。幼稚園の頃、遠足に行って写した、スーツ姿の母と、紺のブレザーの制服を着た自分の、ふたりでおっかなびっくり鳩を持って写っていた、あの写真があるはずだ。しかし、どこを探しても、アルバムは出てこなかった。

（お母さんが持って行ったんだ……）

美里は思った。

恵子先生

「狩野さん、ちょっといらっしゃい」

　クラスで英語を教えていた恵子先生が、教室を出るとき美里を呼んだ。

「はい」

　美里は、なんの呼び出しだろうと慌ててどきどきしながら、すたすた歩く恵子先生の後を追った。

（やっぱり、昨日のテストの結果が、予想以上にとんでもなく、悪かったのだろうか……？　まずい……。すごく、まずい）

　職員室の恵子先生のデスクは、一番奥の日当たりの良い席だった。ふと、引き出しから紙袋を取り出した恵子先生は、美里を振り返ってにこっと笑った。

「わたしはね、学校で教員をやるような仕事も好きだけれど、こうして家で手作りのお菓子を作るのも結構好きなのよ」

紙袋の中から、キャロットケーキが一ピース出てきた。目を丸くしている美里の背中を押して、恵子先生は、人に見えない様に机の下で食べてから行くように言った。幾分はにかみながらひとり机の下でケーキを頬張る美里を、隣の席の先生が戻ってきて見つけて、一瞬戸惑っていた。そして、微笑みを浮かべたまま、気がつかないふりをした。

美里はその年頃、母と歳の近い女性の先生に、やたらとなついていた。美里にとっては、高等学校の女性の先生は、才女に見えて憧れだった。恵子先生も、学生食堂をときどき利用するひとりであったが、とりわけ大人っぽくそして美人だった。

ある日、美里が食堂でひとりでぼんやりと遠くを見ながら食事をしていると、恵子先生が食券を買いにやってきて、美里のぽつんと黙り込んだ様な姿をとらえた。その思慮深い目が、一瞬悲しみの色を浮かべた。恵子先生は、食券をポケットに入れると、美里に近付いて言った。

「あら、そうそう。きょうは、八時ごろ、時間あるの？」

先生は、いつも電話をくれるときには、そう聞いてきた。

「はい」

美里は振り向くと、目元をほころばせ、にこにこして答えるた。恵子先生は、幾分ほっとしたように溜息をついた。

「じゃあ、ちょっと、話したいことがあるから、自宅に電話するわね」

チョーク箱と教科書を持った手を軽くかざして、先生は通り過ぎた。長くさりげない巻き髪が、歩くたびにふわふわと揺れた。なんだか、いいにおいがするような気がした。恵子先生は、どうしてあんなに素敵なのだろう。においをかぐように気持ち首を伸ばしていた美里は、首を僅かにくりくりと動かしてみた。

（恵子先生、話したいことって、なんだろう？）

美里は、午後の国語の時間、黒板の漢詩をノートに書き取りながら、ぼんやり考えていた。

夜の八時になると、約束どおり、電話のベルが鳴った。

（先生だ！）

電話機を真ん前に見据えていた美里は、すぐに受話器を取った。

「狩野さん？　どう？　夕食はもう済ませたの？」

「はい。もう済みました」

「あなたね、香料の強い石鹸なんて、やめなさいね。この前あげたオリーブの石鹸、もうなくなる頃でしょう？　明日、昼休みに職員室にとりにいらっしゃいね」

「はい。すみません……」

「それから、話しって言うのはね。あなた、予備校に行きたいって、そう言っていたわよね」

「はい。……」

美里は、少しだけ、しゅんとしていた。

「でも、お茶の水や代々木に通うにはちょっと遠いし、それに、学費もかなりかかるし、って聞いてね、わたしの弟が月に一・二回程度で良ければ、少し勉強の相談に乗ってもいいって、そう言っているのよ」

「本当ですか?」

「うちの弟は、そんなに有名な予備校ではないけれど、講師をやっているの。あなたさえ良ければ、是非にって」

「そんなにしてもらっては、なんだか悪いみたいです」

美里は、恵子先生の好意をとてもありがたく感じていたが、人はなんのいわれもなく、どうしてそんなに人に優しくしてくれるのか、それが分からなかった。

「あなた、覚えているかしら。だいぶ前のことだけれど、わたしがあなたのお母さんに似ているって、そう言っていたわ。それが、胸に染みてね……」

恵子先生は、はずむように言った。

「……」

美里は、ただ黙っていた。確かに、恵子先生は、若い頃の母に雰囲気が似ていた。

「まあ、弟に一度会ってみたら？　いま、確か、彼の歳は三十二か、それくらいだと思うけれど、あなたの話を聞いて、力になれればと言っているわ」

「はい、ありがとうございます」

美里は、恵子先生の好意に甘えることにした。

恵子先生の弟は、椋木佑介といった。次の土曜日に、学校が昼で終わると、美里の高校のグラウンド裏通りにあるチャオという喫茶店で、恵子先生と椋木先生は待ち合わせているようだった。恵子先生に連れられて美里がチャオに行くと、椋木先生は笑うと大きく曲がる口元で、にっこり笑って美里を待っていた。

「佑介、待った？」

「いや、さっき来たとこ」

美里は、椋木先生が優しそうな人だと知って、ほっとしていた。

「こちらが狩野さん。話した通りの感じでしょう？」

「はじめまして、椋木です。どうぞ、よろしく」

美里は、緊張して、ひょっこり頭をさげた。

「はじめまして」

「美里くん、だったね。コロッケライスとオムライスと、どっちにするかい?」

「えっ?」

「ここは、コロッケライスが美味しいのよ。あなたも、コロッケいかが?」

学校では見られない先生の普段顔に、美里は幾分戸惑いながら、少しはにかんで頷いた。コロッケとコーヒーが、こんなに美味しいものだったんだと、美里はその時はじめて知った様な気がした。美里は、かつて父と母が、食卓にしばしば並んだ肉屋の冷めたコロッケについて一戦を交えていたので、コロッケは嫌いだった。

ランチを済ませると、恵子先生は、職員会議があるといって、先に席を立った。

「今後の打ち合わせをするといいわね」

「ああ、じゃあ、また」

椋木先生が、恵子先生に軽く手を振った。チャオの木製のドアが開いて、鈍い鈴の音がして、恵子先生が出て行った。

「余り、緊張しないでね」

　椋木先生が、コーヒーをおかわりして、笑って見せた。少し遠慮した様な優しい目が、しかし人を惹きつけるような魅力を放っていた。椋木先生は、こげ茶色がかったさらさらした髪の毛を、こげ茶の革のベルトが落ち着いて見える時計をはめた左手で、時折掻き上げた。

「姉貴から聞いたかな？　僕のこと」

「はい、少しだけ」

「僕は、杉並にある予備校の講師をしているんだ」

「はい、それは、聞きました」

「そうか。歳は今年で三十三歳。大学の社会学部を卒業して、一度一般企業に就職。そこで、二十六のとき職場結婚。その後、転勤をきっかけに、会社を辞めて今の仕事についたんだ。自分の感じとしてはこの仕事結構向いているかな、なんて言うと、いつも姉貴と意見が対立するんだ」

　少しおどけてみせる椋木先生に、美里はくすっと笑った。

「そうだったんですか」

「でも君の話しは、姉貴からいろいろ、聞かせてもらったよ。家のこと、大変だったんだね」

「今は少しだけ、おかげさまで落ち着きました」

椋木先生は、コーヒーカップを置いて、うなずいた。

「でも、これは、聞いてないだろう。僕の育った家は、君の家と同じ、電気屋だった」

「えっ？　そうだったんですか？」

美里は、驚いて首を横に振った。

「姉貴も、そこまでは、話していなかったんだ。……。僕の家は、おそらく、君のところより、もっとたちが悪かった。でも、そんなせいもあって、君のことを姉貴から聞いたとき、なんだか他人事に思えなかった」

「もっと、たちが悪かったたって言うのは？」

「うちは、一時期だいぶ手を広げて、店が大きくなったんだよ。それで、動く金額やなにかも、次第に大きくなった。親父はその昔、軍需に反対した技術者で、もともとは東京で働いていたんだが、僕が生まれるだいぶ前に、都落ちしたらしいんだ。僕が知っているのは、わがままな人で、おふくろが敬虔なカトリック信徒だったのに、親父は大本教に入れ込んで。宗教戦争を家の中でやっていたからね。親父は朝から、天照大神を百回唱えて、なんだか良く訳のわからぬことをわめきちらし、デジャヴュの境地で神意に達したとか言い、そのうち俺や姉貴も、大本教に供出されそうになった。宗教活動で知り合った女に、ちょうど一時期経営が儲かっていた時だったから、財産貢いでしまってね。事業がうまくいかなくなってからは、テレビやなにか、僕の名義を使って、形だけ売れたことにして、それで売り上げを穴埋めしたんだ。親父は昨年死んだけれど、長いことリウマチで、最後の最後まで、体が痛いと自分の足やおふくろの体を杖でぶん殴って、借金残して、死んじまったよ。今は、一番下の妹が田舎でおふくろと一緒に暮らしている。おふくろは、もう、呆けてしまったけれど」

椋木先生は、悔し涙を飲み込むように言った。美里は、こんなに立派な、そして優しい先生が、どうしてそんな目にあったのだろうと、考えていた。

「お母さん、我慢していたんですか？」

「おふくろは、他に能のない女だったから。でも、小さい頃、よく手を引かれて家出して、町をさまよったのは、覚えているよ」

「お父さんは、ひどい人ですね。家族の人格もなにも、認めてあげることが、出来ない人だったんですね。そう思いませんか？」

「そうだね。でも、僕のことを思ってくれていた」

美里は、何を言えば良いのか、しばらく先生を見つめていたが、やがて俯いた。

「とにかく、君が志望校に合格するまで、僕は出来る限りの応援をするよ」

椋木先生はそれから後、月のうちに一度か二度、土曜日の午後に美里の家を訪れては、勉強のペースメーカーとなってくれた。美里は、椋木先生の勤めている予備校で、月に一度の月例試験を受けた。そして、それをもとに、先生が授業をするというわけだった。授業のペースはかなり速く、しかも宿題はぬかりなく出された。真面目で几帳面な先生の性格が表れていた。

「佑介は、きちんと教えているかしら?」

恵子先生は、ときどき心配をして、電話をくれた。

「はい、ときどき厳しいけれど、でもとても良く教えてくれます」

「佑介は、彼なりに、あなたの大学受験の結果がどう出るかについて、責任を感じているのよ。そこそこレベルの高いところを、あなたは希望しているでしょうし」

「はい」

「とにかく、がんばりなさい」

「はい、きっと合格します。でも、椋木先生は恵子先生に似て、とても相手の気持ちが良く分かる人なんですね」

美里は、椋木先生が来てくれる土曜日を、心待ちにしていた。

「あら、そう？　まあ。私も佑介も、照れるわね」

恵子先生の楽しそうな声が、ころころと転がるようだった。

「それから、この前、椋木先生は、先生の育った家のことを話してくれました」

「そう、そんなことを、佑介が話したのね。そうなのよ、あの子はね……」

美里が、椋木先生から聞いたことを話すと、恵子先生は納得した様子だった。

「わたしは、もう実家のいざこざには嫌気が差して。もう、人にも話すまいって思っていたの。話せば、思い出すでしょう？　あの子は、長男だったから、一番家の苦労を背負ってしまったの。その分、あなたのことが身につまされたのでしょうね」

「ずいぶん、ひどかったんですね」

「もう、ひどいもなにも、兄弟で少しずつ出し合ったりもしたけれど、あの子なんかね、店が不渡りを出した時に、嫁さんの実家から一千万円融資を受けて、そんなことまで背負ってしまったのよ」

「そんな……」

「子供は、親を選べないからね」

「人間の生まれは、……不平等ですね」

「そうね」

恵子先生は、頷いた。

「でも、一千万円も出すなんて、奥さんのご実家も、良くそれだけしてくれましたね」

「うん、でもね、そのせいでっていうかなんていうか。なんか曰く付きの感じも、しないでもないのよね」

「いわく、ですか？」

「まあ、そうね」

美里は、怪訝そうに首をひねった。大人の事情は、良く分からないと思った。

美里は、それよりも良く分からないことがあった。のちに英語の授業で、恵子先生が教壇に立つと、なぜか妙な気がして、顔を上げられないのであった。この気恥ずかしさは、一体なんなのであろうか？　まるで母親が教壇に立っているかのように。誤って指差されて、椅子につまづきながら立って答えると、恵子先生は優しく笑って見せた。その笑顔を直視した美里の瞳が硬直した。美里は慌てて座ると、その目は、机の上の教科書とノートに、釘付けとなった。

椋木先生は、雨の日も、約束であれば、遠くからやってきた。美里は、畏敬の念で、先生を迎えた。そして、先生の情熱に恥じない真剣な態度で机に向かうことが、常に習い性のようになった。美里は、何かに追われてでもいるかのように、一心不乱に勉強した。そのひたむきな姿が鮮烈だった。月日が、暦を追いかけて行く様に、過ぎて行った。

「いよいよ、あと五ヶ月だな」

まるで、自分の受験のような面持ちで先生はそう言うと、深呼吸をするように息を含み、口を固く結んで美里を見据えると、軽く二、三度頷いた。

「どうだい？　宿題の小論文は。どれどれ」

美里がおそるおそる差し出す小論文を、黙って見ていた椋木先生は、苦い顔をした。

「入試の小論文には、テーマが必ずあるんだ。たとえ長文が与えられていても、その長文の中にテーマはひとつだ。君はいつも、それにごまかされてしまう。これもだよ。良く目を見開いて掴むんだ。そして最後までかじりついて、テーマから目をそらしてはだめだよ」

どんよりうな垂れた美里を厳しい面持ちで黙って見つめていた先生が、やがてかすかに苦笑を漏らした。

「僕は、君だったら頑張れると、信じている」

美里が上目遣いに先生を見ると、いつもどちらかと言えば厳しいことを言う先生の、びっくりするほど優しい顔がそこにはあった。そして、ふいに先生は美里を見つめ、はにかんだように笑って、またすぐに教科書に目を戻した。次は先生に良しと言って貰える小論文を絶対に絶対に書こうと、美里は奮起して唇を噛み締めた。しかし、三年生の追い込みの時期には誰しも受験生は孤独感が増し、不安が募ってくる。勉強をする美里の様子からは、次第に落ち着きが失われていった。

「先生、わたし昨日、赤本解いて、去年の問題難しくて……、五割しか取れなくて。わたし……、浪人できません。うち、そんなことが許される、状態じゃないんです。父も、あんな様子だし。この家で、春を呼べるのは、私だけなんです。わたし、どうしても、春を呼ばなければならないんです」

告白するように思いつめて漏らす美里の目が、すがるように椋木先生を見つめた。椋木先生の瞳が、包むように潤んだ。やがて先生の目は、遠くを探すようにさまよった。

「君はこんな歌、知っているかな?」

そんな時、椋木先生は授業の手を休めて、若き旅人の歌を歌った。遠くを見つめるように歌い始める椋木先生の横顔を、机の上の電気スタンドが明るく照らすのを、僅かに夢でも見るかのような顔で、美里はぼんやりみつめていた。先生の声は気取ったようではなかったが、さりげない中にも声の良さが感じられた。歌が変調すると、座りなおした先生の左ひざが、美里に軽く触れた。そのとき、美里は夢から引き戻されたように、不意をうたれてどきっとした。一瞬に、血が逆流し始め、胸の鼓動が先生の歌声を掻き消しそうになった。美里は今にも消え入りそうな様子で、目を伏せた。美里は、歌が終わる前にこのときめきが消えてくれることばかり、必死で祈った。左手をひそかに頬に当てると、頬が熱かった。美里は咄嗟に先生の視線を気にして、先生の視線を盗み見ようとした。すると美里をじっと見つめていた先生と、目が合った。机の上に置いた美里の手が、無意味に狼狽した。赤色のボールペンがすべり落ちた。床に高い音でペンはぶつかった。心にさわがしく、鐘が鳴り響いた。美里は震えた瞳をかたく閉じて、うつむいた。先生は微笑をうかべたように、やわらかく視線を落とした。やすらかな笑顔で二番を歌い終えた椋木先生が、硬直した美里を見て、笑うと大きく曲がる口ではにかんだように笑った。やがて沈黙の後、目を伏せたまま、先生はそっと言った。

「最後まで、くじけるな。試験終了のベルが鳴ってからでも、くじけるのは遅くないぞ。だいじょうぶだ。合格できる」

歌に納得したように、先生は嬉しそうに見えた。そして沈黙が訪れると、美里は不意に消しゴムをつかんで、授業のメモ書きを一心に消した。椋木先生の励ましはいつも、美里に自信を与えるもととなる、不思議なエネルギーみたいなものだった。笑顔のままの先生が、足元にあった鞄の中を捜していた。美里と目が合うと、再び口が大きくゆがんだ。

「ほら、お守りだよ。君のために買ってきた」

鞄の中から、小さな白い袋を取り出すと、椋木先生はそれを差し出した。鮮やかな絹糸で織ったようなそのお守りには、太宰府天満宮の名が記されていた。

「太宰府？　先生、随分遠いですよね。四国のお母さんのところに、帰省されたんですか？」

両手に大事そうにお守りをいただいた美里が、言った。

「これで、合格間違いなしだ」

そして、椋木先生は心なしか寂しげに微笑むと、目を一層深く伏せた。

翌春、美里の悲願の第一志望合格を聞き届けて、椋木先生の家庭教師は終了した。

新しい門出のとき

美里は、それでもかろうじて年齢を重ね、二十歳を迎えることとなった。まだ、幾分どこかしら昔の幼げな面影を感じるのは、その童顔のせいと思われたが、晴れ着に合わせて長く伸ばした髪は、結うことが出来るだけ長く、真っ直ぐにつややかで美しかった。

ある日美里が、夕刻家に戻ると、珍しく父が家に帰っている様子であった。居間のほうから、話し声がしている。誰か来客があったらしい。美里は、足音を忍ばせて、居間のほうの様子をうかがった。

「振袖くらい買ってやんなさい。そうしておけば、将来違うんだから」

父の姉の声だった。ここのところでは、それは珍しい客人だった。

「分かっているよ」

父と話しているようだった。美里は、聞かなかったふりをして、自室に向かった。美里は、成人の日の式典には、友人と一緒に出る約束をしていた。

（振袖か……）

欲しい気もした。でも、嫌な話を聞いてしまった。

そして、ある日、晴れ着は出来上がってきた。童顔の美里には、原色はきつすぎると仕立屋が言うので、淡いピンクの晴れ着になった。桜の花びらを白抜きしたような振り袖に、白い羽のショールを羽織ると、いかにも初々しい感じであった。成人の日には、早朝から美容院でそれを着付けてもらい、美里も幾分晴れがましい気持ちになり、成人を古い友人たちとともに祝った。遅くまで祝杯をあげ家に帰ると、父が嬉しそうに出迎えた。

「この前の母の日に、お前のお母さんは、また無言電話をかけてきていたよ。そんなときばかり電話をかけても、娘が成人する今日には連絡がないとはな」

「……。そう」

「まったく、ろくでもない」

父は、怒っているのだろうか？　美里はふと思った。そして、

「もう遅いから、休むね」

そう言うと、部屋に入って行った。

「今度の日曜日に、一緒におばあちゃんのところに行くぞ」

大学の卒業を間近に控えた美里は、父親の強い希望で、母方の祖母に挨拶に行くことになっていた。

「なんでいまさら?」

美里は、父の気まぐれに腹でも立てるかのように言った。

「お前を、立派に育てたという、申し訳が立たない。お前を連れて、おばあちゃんのところへ、挨拶に行く」

父の貞生は、母方の祖母をおばあちゃんと呼んでは、離婚した後もまるで自分のおばあちゃんのように、どこかしら思いを残していたようなところがあった。

「それに、お前の結婚のことも、報告しなければ」

「まだ、それは、いいでしょ」

美里が乗り気でなくても、貞生は聞きそうになかった。だが案の定、約束の日に遠く懐かしい故郷に出向くと、そこでは、祖母以外の親族が一人残らず姿を消していた。

「みんな、どうしたの、きょうは」

炬燵に入りしなに美里が尋ねると、祖母が台所から茶菓子を運んで言った。

「ああ。行雄は、葉子さんの実家に呼ばれて、子供たちと行ったたし、直道のとこは、直道が仕事で、幸江と美穂が、用事があって出かけて、克典はいま就職の準備で忙しいみたいだ。んで、信彦は、あれだ、うーーんと、町内会の集まりで、喜美子はなんだか届け物があるって実家に行ったっけさ。誠は試験の前だから調べものがあるって図書館に行くとか言ってたな。……」

昨日から考えたいい訳だろうか、美里は延々と続く祖母の報告を聞いていた。美里が伸び上がって庭を見渡すと、もうそこにはあの青々とした葱はなく、なにか見慣れない植物が端のほうにこごえているだけだった。

「あの、おばあちゃん。美里は、もうじき無事に大学を卒業します。それに、来年には、結婚が決まってまして」

父の貞生は、待ちかねたように切り出した。美里は、懐かしい茶菓子に手を伸ばしていた。

「そうかい」

美里を見て、込み上げる嬉しさが溢れそうになる口元を、祖母は右手で押さえた。

(この人が悪いわけではないことは、私だって分かっている)

美里は、どんなふうに祖母に接したらいいのかも、良く分からない気がして、ひとり気がもめていた。

「そうかい、まあ、そんないい話が」

祖母は、本当に嬉しそうだった。美里が結婚するのが医師であると、得意げな父にその一部始終を聞かされて喜ぶ祖母を、美里は遠くにある懐かしい景色を眺めるように、時折見やっていた。

「もう、その話は、それくらいでいいでしょう」

美里が言うと、父はそれから世間話などし、いとまをすることとなった。

「もう、美里も卒業するのだし、そんなに大変な店の営業は、これまでで充分だろ？　これからは定職を見つけて、少し狩野さんも楽をして、美里のことも安心させてやっとくれ」

祖母は、そう言って見送った。白い割烹着姿の祖母を、夕暮れの陽が照らし、笑顔に白い歯を見せて手を振る姿が、美里の脳裏に焼きついた。それが、美里が祖母に会った、最後の時であった。

やりきれない人生

二月も終わりに近づき、卒業と就職の準備やなにかでばたばたすごしていた美里は、ある日家のポストに一通の封書を見つけた。

差出人の名を見た美里は、足早に玄関に駆け込んで行った。

(椋木先生だ。ここのところ、少しご無沙汰しちゃっていたな)

恵子先生には、夏休みにも会った。恵子先生は、成人祝いもあげていなかったからと言って、そのとき美里が気に入った、キユービックジルコニアのかわいいイヤリングを買ってくれた。恵子先生は、ことあるたびに、美里に身の回り品などを買ってくれていた。恵子先生と、百貨店のレストラン街で食事などしていると、美里は昔母と二人で過ごした時を、思い出すような気がした。けれど、予備校の夏期講習で忙しいという椋木先生は、そのとき一緒に来なかった。

白い封筒には先生の字で美里の名前が書かれ、封筒を開けるとその中には、花束のデザインのカードが入っていた。

（卒業祝いだ！　椋木先生は、相変わらずマメだなあ。私の卒業を、覚えていてくれたんだ）

美里は楽しそうに、くすっと笑った。

（そうだ、今度の卒業式、椋木先生に来てくださいって、頼んでみよう）

やがて、嬉しそうな表情になって、美里は軽やかな足取りで部屋を出てきた。そして、久しぶりに恵子先生の家に電話をしようと思い立った。

「もしもし、恵子先生をお願いします」

「恵子は、いまちょっと、……。こちらから、折り返し電話するように伝えます」

電話に出たのは、恵子先生のご主人だった。ご主人は、恵子先生のイメージとはだいぶ違って、口の重たい感じの人だった。

「そうですか、すみませんが、おねがいします」

美里が、電話を切って待ったが、その日は恵子先生からの電話はなかった。

翌日の朝に、突然電話は鳴った。

「美里さんね」

恵子先生は、涙声だった。

「先生……。あの、どうかしたんですか？」

聞きにくそうに、美里が尋ねた。

「ええ。……。昨日はごめんなさいね。電話をくれたそうね」

「はい、椋木先生から、大学卒業祝いのカードをいただいたものですから、それで。えへへ」

急に、先生は、何も言わなくなった。

「……。あの、恵子先生？」

しばらくの、沈黙の後、恵子先生の言葉が漏れた。

「昨日ね、佑介が……」

「佑介が、死んだの」

美里は、耳を疑った。

「えっ？　わたしは、昨日カードを貰ったばかり……」

美里は、そう言いながら、何かに打ちのめされたような気がした。

「先生、それって、……本当ですか？　嘘ですよね」

「大量のアルコールを飲んで、水死したの。遺書があったから、警察も自殺だろうって……」

「自殺？……、遺書？……、うそでしょう？　先生、嘘ですよね、そんなのね」

美里の声が、半ば叫び声になった。恵子先生は、気を静めるかのように、息をひとつついた。

「ごめんなさいね、あなたを、こんなかたちで巻き込むことになってしまって」

恵子先生は、泣きながら美里に詫びるのだった。

「そんな、巻き込むだなんて。わたしって、先生にとってはそんなにまで、他人ですか？」

美里は悔しさに胸が震えた。

「そんなつもりではないのよ。あなたが他人とか、そういうのではないのよ」

恵子先生は言った。椋木先生は、他の人々のように美里の因果な身の上を見下すことも無く、なんの見返りもない心尽くしの限りを与えてくれた人だった。それなのに自分は、困っていた先生に、なんのひとつも出来なかったというのか。それなら、自分はこの人生でなにをしたらいいというのだろう。美里は、今更乍ら、情けなくなった。

「わたしは、なにが起きているのかさえ、知りもしませんでした」

「それを言ったら、私もあの子を助けられなかったのだわ。姉だなんて言って、……」

恵子先生の声が次第に、聞き取れないほど遠くなった。

「理由を……先生、原因を教えてください」

強く訴える美里に、恵子先生は今にも聞こえなくなりそうな声で答えた。

「あの子ね、子供がいなかったの」

「子供が欲しかったのですか?」

間髪を入れずにむきになって聞き返す美里に、恵子先生は静かな口調で言った。

「ちがう、ちがう。嫁との間には、結婚してから一度も夫婦関係がなかったのよ。余り家の中がうまくないことは、うすうす分かってはいたのだけれど。そうこうしているうちに、実家の不渡りでお金が必要になったでしょう? その時に、向こうの家が一千万円用立てるって言った時、少しひっかかるように私は感じてはいたの。弟から一度だけ、夫婦関係のことを聞いていたから。一度の正月だって、夫の親戚に顔を見せる嫁ではなかったし。それでも、一千万円は助かるとただ単に思ってしまったのね。今思えば、愚かだったわよね」

「それで、……、どうしたんですか?」

先生は、一呼吸置いて、再び続けた。

「一千万円のもとはと言えば、嫁の実家がちょうどその頃、遺産が転がり込んで、中野に何億という土地が手に入ったと、浮かれていた矢先だったらしいの。向こうの兄弟姉妹が、その土地を担保に銀行から金を借りまくったらしくて、借りを引け目に感じていたのか佑介はその保証人になっていたのよ。あの子は、土地があるから大丈夫だと思ったらしいけれども、その後その土地が土地転がしに遭って、訳が分からないようになってしまって、巨額の負債だけが残ったのよ。それで嫁に言われたことがすごいのよ。弟のせいで、借金のトラブルに巻き込まれたというの。稼ぎが悪い弟が悪いって。あんたとは、どうせ別れなきゃならないけれど、金も払って貰えないから、別れることも出来やしない、定年まで働いて金を用意したら、その時は離婚してやるって言われたと、あの子がっくりきていたもの。悔しかったら払って見せろって、高笑い。それまでは、一千万円を用立ててくれた向こうの親の面倒を見ろって。嫁のほうは、長女で妹しかいないからね。それに、田舎に残った実の妹の旦那は、佑介に、母を引き取れやら親父に金を貸していた分を返せやら言っていたのよ。でも、母が佑介のところへ顔を出すと、嫁は実家に帰ってしまって、家にも帰って来ない始末でしょう」

「じゃあ、奥さんは、別れたかったのですか?」

「どうだか。もともとは、夫婦関係がないと知った親かなにか、佑介を足止めするために、貸した金だとも思えるわよ。せいぜい格好な奴隷程度なんじゃないの?」

「醜すぎる……。よくも椋木先生に、そんなことができたものですね」

美里は、からだがこわばったように、手をふるわせていた。

「あの子はね、あなたがいて、救われたのよ」

「どうしてですか？　わたしが、なにを、救ったと言うのですか？」

「あの子は、あなたに教えるのに、本当、一生懸命だったわ。だって佑介……。だってね、自分も苦労したから、せめてあなたの力になりたいって……。そんなふうに言って、嬉しそうに笑って見せたのよ」

裏返りそうな声でそう言うと、恵子先生は咳き込むようにむせた。余りに美しすぎるその声が、余計に哀しく響いた。

「だからって椋木先生、……二度とかえらない、二度と振り向かないってことですか？」

もう届かない思いが、美里の胸にほとばしった。右手で髪をかき上げたまま、美里のやせた肩が小さく震えていた。

「佑介……。ごめんなさい、ちょっとまたあとで……。あとでね」

水面に落とした小石のように、恵子先生の哀しみが沈んでいった。哀しみは咽につき抜ける、美里はそう知った。美里は、昨日届いたカードを取り出した。最後の一行には、〝僕は、これからも君を応援している〟と、丁寧にしたためられていた。美里が、おぼつかない足取りで部屋に戻ってドアを開けると、ドアノブには今も、椋木先生があのときくれた、天満宮のお守りが下がっていた。〝君のために買ってきた。これで合格間違いなしだ〟そう言った先生がふと現れて、机の脇の椅子に座って足を組むと、美里を見て微笑んだ。目を見張った美里の口が、呆然と開いた。そして、小刻みに震えた唇に、涙の塩辛い味がみなぎった。

やがて美里の部屋からは、微かな声で美里が歌う「若き旅人」が、途切れながら聞こえてきた。強く手を伸ばせば、今もまだ先生が、そこにその声で、答えそうなそんな気がした。

（本当に、先生に、もう一度も……）

泣きはらしたその目が遠くに見つけた先生の姿に、思わず美里は手を伸ばした。まだどうしてもしてあげたいことがあった。そしてその指が、物質としての空気だけを掻き取って、机にぶつかって痛みが走った。美里は逆上して泣きじゃくりながら、手を机に何度も何度も思いきり叩きつけた。しかしどんなに叩いても、その痛みは心の痛みに勝てなかった。

「わたしになにも言ってくれないで……。なにもさせてくれないで、いなくなっちゃうなんてっ」

美里は、先生に向かって叫んだ。しかし先生は、笑ったまま動かなかった。美里はすぐに、今の暴言を悔いた。そして、先生を見失わないように見つめたまま、苦しげに首を傾け歯を食いしばった。虚しさが溢れた。固く握り締めた手が、震えながら机の上で涙に滑った。なにも知らない幼い自分が嫌いだった。美里は、勢い余って机に体を叩きつけると、激痛が体全体を突き抜けた。やがて机から滑り転げると、空気がもれるような嗚咽を上げた。

暗い海の眠らない黒い波が、蒼ざめた先生のきれいな髪を細かな砂でもみ、荒々しく翻弄するのを思い浮かべた。

椋木先生のそんな人生は、やりきれないと思った。

心が知れない

　大学の卒業式が済んで間もなく、美里は父の承諾を半ば得て半ば得ない形で、一人住まいを始めた。と言うのは、建て前であって、実際には婚約者と一緒に住むことにしていた。それまでにも、美里は実家に帰ることが少なくなっていた。

　婚約者は、父の気に入りであった。吉川は、手先の器用な俊腕の脳外科医を、自負していた。美里は、寝不足で朝からトイレで嘔吐してまで出勤する、その仕事に取り組むひたむきさを、尊敬していた。そして吉川は、疲れて帰っても、いつも楽しげに振舞った。良き夫の見本のようであった。吉川が、美里の父のもとへ挨拶に来たときのこと、吉川がまだひとことも言わないうちから、父は、娘を宜しくお願いしますと、あっさり頭を下げた。

（婿に、お前を殴らせろとか言う父親までいると聞いていたけれど、貰うとも言われる前からよろしくだなんて、わたしってなんてお安い娘なのかしら）

欲を言えば、もう少しもったいつけて貰いたいように、美里は内心思った。

結婚の相談事など、父親に期待するのはどだい無理なのだろうか？　父に、親が聞いて心配になるようなことは、たとえ実際にあっても口に出すなとまで言われていた美里は、どう話すのが良いのか分からなかった。順調に進む結婚話とは裏腹に、美里はその頃痛烈に悩んでいた。結婚について、婚約者と結婚したいと思いもしたが、どうしても良くないのではないかという不安が強すぎて、拭いきれないのだった。美里は、白と黒とのはざまを、苦しみながら行き来していた。それは、ただ単に両親の結婚を見ていたことが不安の原因である、というだけの理由ではないようだった。もっと、本質的な問題だった。

「おまえ、これを逃したら、こんな条件のいい話は二度とこないぞ」

父の貞生は、たいへんな意気込みである。結納金が少なかったことを、不満に思いこそすれ、婿を高く評価していた。だが何を評価していたのかは、美里にも良く分からないのだった。美里の知る限り、婚約者は美里の父を良く思っていなかった。電話をしたときに、父が出るだけで、無言で切ってしまっていたのは、吉川だった。

「いずれにしても、結納金には、手をつけないでおいてね」

美里の言葉に、

「何を言ってるんだ」

常に資金繰りに困っていた父は、もうそんなことを言われても遅かった。

結婚式を控えて、美里は、早く行く末を見極めようと焦るも、悩みに悩んでいるばかりだった。

「あら、久しぶりねえ。あなたって、こっちのほうだったっけ?」

地元の街を歩いていた美里を見つけたのは、いつぞや学生食堂で思わせぶりに美里に近づいた世界史の先生、正木先生だった。今日は、思わせぶりに知らん顔は、しないようだった。

「わあー、正木先生に会うなんて、すごく久しぶりですね」

「あなた、それにしても、痩せたわね。食べるもの食べてるわけ?」

その声はもう一歩でだみ声の領域で、右手は大きな金縁眼鏡をちょこっと上げた。

「ちょうどいいわね。今から新宿まで芝居観に行く途中だけど。どう? もし時間があったら、一緒に観に行かない?」

「えっ? ご一緒してもいいんですか?」

「もちろんよ。今日はね、昔の教え子の招待で、小さい劇団だけれど、結構しっかりやっているみたいだから、面白いんじゃない？」

　正木先生は、がらっぱちなところを除けば、いや含めてもいいのかも知れないが、良い先生だった。見たところひどく知的で、引き締まった体形に良く似合った、こぎれいな装いであった。金縁眼鏡の中の、温かさを「秘密だ」と隠しこんだような目を、なかなかの美人顔が気持ち目立たなくしていた。こげ茶色の目が、笑ったようにときどきくりくりと動いた。そんな正木先生は、ひどくキュートなのではないかと、美里はふと思うときがあった。先生に思わせぶりにされるとすぐに降参して、自分から声を掛けないことを気まずく感じた。先生に声をかけさせるなんて、失礼にあたるのかも知れない。名前を呼ばれた先生は、嬉しそうに半ば振り向き、なにか用ですかとつんとして見せた。いいえべつにと言うと、そんなはずはないでしょ、良く考えてみなさいと物分かりありげに頷き、すぐに思いついたように話しかけてきた。

　芝居が終わると、その日、先生は美里を夕食に誘った。

「あんた、酒飲めるのよね」

「ええ、まあ、飲めると言うほど、強くはないと思うのですが……」

「そうねえ……」

　街を見回していた正木先生は、やがて美里を連れて、近くのワインバーに入って行った。

「カリフォルニア？　ボルドーはないわけ？　あっそう。じゃあそれ。とりあえずデカンタでね」

やがて、先生の注文した、赤ワインが出てきた。

「どんどん飲みなさい」

正木先生は、豪快に二つのグラスにワインを注いだ。噂には聞いていたものの、正木先生自身は、いくら飲んでも酔いそうにもなかった。

「それで、どうなわけ？　その婚約者とやらは。うまくいっているわけ？」

「そうですね、ぼちぼちですか」

「じゃあ、いいじゃない」

「ええ、でも……」

「ええーっ？　でも、なんなのよ」

怖そうではあるが、しかし、先生は一応笑顔なのであった。先生は、デカンタをおかわりした。

「二日に一度となく、女から電話がかかってくるんです」

「女って、誰？」

「たぶん、同僚やらなにやら、身近な人と思います」

「それであんたが、電話に出るわけ?」

「いいえ、わたしはほとんど出ません。彼は、帰りが遅いですから、いつも電話は留守番電話になっています。でも、相手が喋れば、それは部屋の中に聞こえますから」

「なるほどね。何だって言っているの、その相手は」

「何だって言うほどのことでもないような話です。クリスマスにはプレゼントを渡したいとか、この間はどうもありがとうとか、ひとりで三分くらい話しまくって、それで切るんです。でも、ほんの一、二回だけ、出たことがあります。そうしたら、木村さんのお宅ですかって言うものですから、咄嗟にいいえ違いますって、答えますよね? すぐに、間違えましたとか言って、切られてしまうんです。わたしが、受話器を上げ下げして切っても、すぐにかけてくるんです。わたし、嫌だから、彼に頼んだんですよ。事情を話して、家にはかけてこないように言ってって」

「……」

「そうしたら、僕はいつもそう言っているって。馬鹿な女が、勝手に電話をかけてくるんだから、仕方がないだろうって。でも、留守録を嬉しそうに聞いています。目が、違います」

「……。その電話は、いつからかかってきているの？」

「もう十ヶ月くらいになります。彼は、でも、絶対に自分は浮気などしないと言うのです。君が一番だからって。それでも、解決しないから出て行こうとしたら、違うんだそうじゃないんだってだけ繰り返し言って、一日中仕事にも行かずに手足を後ろから抱き付いて押さえたままで床に転がって、家にいるように嘆願するんです」

正木先生は、気持ち悪いものでも見たかのような顔でワインを一口飲んで、そして言った。

「あんた、それで彼を信じているわけ？　今だけじゃなくて、これから何十年と言う長い人生」

「……。分かりません」

「わたしの知り合いにも、医者の女房がいるわよ。もうわたしもこの歳だから、その人も、五十近いわよね。もちろん旦那は、愛人に若い女がいるのよ。物質的には恵まれていて、高い壷なんか置いているけれど、奥さんは、髪振り乱して、こんなになって、頭おかしくなっているわ。歳を取ってからの女性問題って言うのは、うんっと大変なものなのよ。人間は、心と体を持った生き物なの。でもね、心のない体なんて、そんなもの人間じゃないわ」

正木先生は、その夫人の取り乱し様を、身振り手振りで説明しながら言った。真に迫ったパントマイムに、美里はつばを飲んだ。

「世の中には、家庭の外で、押しかけ強盗かしつこい営業のようにまでして、女を求めている者もいるわ。奥さんが亭主相手にノイローゼ気味で薬を常用していて子供が出来ないからって、女をしつこく口説いて子供が欲しいと言った男の話もあるわ。裏切り屋の亭主にどういう形でか騙された妻は、自分をも騙さないと心では生きていけない。半信半疑で自分を騙して藁にすがりついて、たとえどんなことをしてでもこれはダイヤであるべきだと、目の色変えて生きている様な人のそばにいると、本人だけじゃなく周囲も寒いものよ。道行く若い女に、眼飛ばしまくったり。道すがらすれ違いたくもない気持ちになるわ。そうなると、夫を廃人の様にでも無気力にまでしないと、おさまらない。だらしのない生き方だわ」

「でも、彼は、外でそんなことは……」

ためらったように、美里は意見した。

「いいこと、あなたがどんな人生を選ぼうと自由だけれど、どんな結果になろうと、自分一人で責任をとりなさい。泣こうが笑おうが、どこまで行っても、自分の世話は自分ですることね。そんな結婚を選ぶのだったらね」

半分怒ったような正木先生の顔を、美里は言葉もなく見つめていた。

先生に礼を言って帰ってからも、しばらくは釈然としない気分であった。

（なにも、あんな言い方しなくても）

美里は、正木先生はがらっぱちだから仕方がない、と考えてみた。

翌日は、吉川が一週間の研修に出掛けることになっていた。吉川が、初めての大学で心細いと言うので、美里が最寄りの駅まで見送りに行っていた。

「因果な商売だよな。明けても暮れても、仕事仕事。人間らしい時間もない。骨身削って何万という人間を助けても、たったひとりへまをすればすぐに悪者だ。医者がなにか悪いことをしたら、他の奴がやったより悪いって言うのは、あれはなんなんだ。俺達は、なんなんだ。早く研修を終えて、家に帰りたいよ。君といる家が一番だ。早く帰るよ。週末はたてこんでいるけど、でもなんとか時間を作るから、また二人で旅行にでも出かけよう」

吉川は言った。美里は微笑んで、吉川を見た。そんな吉川は、いつもまぶしかった。

「終わったら、電話をしてね」

吉川は、ほころんだように笑う美里を見て頷いて、言った。

「それから、君の就職だけれど、僕に転勤が多いから、簡単なパートにでもしてくれ。女房の仕事のことでなんか、ストレスなど感じたくないからね。パートでもいいというような女なら、いくらでもいる」

吉川は右手を軽くあげて、白く大きな建物のある広い敷地へと、姿を消した。

そして一週間後、電話が鳴った。

「僕はなにも、今更君と一緒に暮らす必要はない」

やぶから棒に、電話の吉川の声は言った。美里は、隕石が落ちてきたように訳も分からず、突然谷底に落ちて行く気がして、座り込んだ。やがて、美里が悲しみ怒って家を出ようとすると、山のような土産を買って帰ってきた吉川は、土産の一つ一つを説明しながら、嫌がる美里をつかまえて、

「違うんだ、そうじゃないんだ」

とだけ繰り返し言い、一日中仕事にも行かずに、美里の手足を後ろから抱き付いて押さえ、家にいるように嘆願した。

「そうじゃないんだよ。あれは、違うんだ」

吉川は、必死でそう訴えた。吉川は、違うんだという説明以外に、言語を持たなかった。

その様な支離滅裂なことは、形や内容を変えて、幾度も起こっていたのだった。吉川という男は、三十日のうちの二十九日は、物凄くと言って良いほどに、良い人だった。しかしなんの

脈絡もなく、残る一日は別人のようになることがあった。それはもう、支離滅裂だった。吉川の言葉だけを聞いていると、なにがどうしてそうなったのか、変化の前後を何らかの意味で結び付けることは、不可能だった。

とうとう美里は、式の直前に式を中止にする決意を固めた。そして、既に式の前から婚約者と暮らしていた住まいを引き払い、自分の部屋を借りて引っ越しをしようと決心した。美里は不動産屋に行き、部屋を決めた。すると、

「親御さんの、保証人が必要です」

町の不動産屋らしい、その店の主人は悪びれずに言った。不動産屋の言葉に、美里は一瞬憂鬱になった。

「親以外の人ではいけませんか？」

「最近は、管理が厳しくてね。結構、こだわる管理会社が多いんですよ。でも、親御さんなら、だいたいなってくれますよね。話して、分かっていただいたほうが、いいですよ」

美里は、賃貸契約に親の保証が必要だったことから、親に分かって貰えるよう、しぶしぶ説明に出向いた。確かに、美里のその時の説明では、父が納得するのに十分でなかったことは結

果が証明するが、そのときに父は、

「分かった」

とうなずき、ついに親身な様子で承諾してくれた。そして、

「先方の家には私自身で必ず後から連絡するから、それまでは居所を告げないでね」

美里は必死に、父に頼んだ。

「分かった。約束する」

うなずいた父に、美里はひどくほっとして、住まいに戻り引っ越しの準備を進めた。

引っ越しの当日、昼に婚約者が帰ってきた。美里が、ダンボールに詰めた荷物を扉のそとに運ぶと、それをかたはしから中に運び込んだ。

「ちょっと、やめてよ」

しばらく、静かな押し合いへし合いが続いた。

「どうして、帰ってきたの？　仕事のはずでしょ？」

尋ねる美里に、相手が答えた。

「君のお父さんから実家に電話があって、出ようとしているから止めるように言われた」

美里は、めまいがして、その場に倒れた。

美里がやがて目を覚ますと、

「だいじょうぶか？」

吉川の心配そうな顔が覗いた。美里は、吉川に、引っ越しのことも告げられなかった。突然でなければ、それも出来なかった。美里と吉川は、もう四年も付き合っていた。美里は、自分で無理だと分かり、引っ越しをすることは、よくよく思い切ってのぎりぎりの選択だったのだが、吉川は悲しみ、その日仕事にも戻らず、自室で頭をかかえていた。

「僕は浮気もしない、いい人間だ。浮気なんて絶対悪いことだ。もう一度やりなおそう」

吉川は思いつめたように、美里を揺さぶって誓った。そしてその悲しむ姿を見て、美里は再び心が乱れ、不動産屋には謝罪に行き、不透明な気持ちのまま、結婚式になだれ込んで行くのだった。

一月の結婚式当日は、まるで空が哀しんでいるように、朝から東京に雪が降っていた。美里は、高層階のホテルの窓から、雪の降り行く様をひとり見ていた。雪はいつも、なにも言わないかのように、津々と降る。雪国の雲よりは幾分薄めに垂れこめた雲が、辺りの透明感を強くしていた。雪を見つめたままの無心の美里を、白粉と白無垢が美しく装った。その姿は、氷のように透き通って美しかった。そしてどこからか琴の音が聞こえてきたとき、介添人に連れられて、美里は控え室を後にした。人々が、さざめきたっていた。

「美里ちゃん、彼はもうあなたのものよ。幸せにね」

美里の透明な視線が、会釈とともに黙って礼を言った。

「本日は、朝目を覚ましましたところ、この東京が目にも美しい、白銀の世界となっておりました」

緊張に張り詰めた主賓の挨拶に、結婚披露宴は華やかに始まった。金襴緞子に高島田、無数の高価な装花が、まばゆいばかりであった。音楽と拍手と酒宴の香りが渦巻いた。

「続きましてのご挨拶は、……」

美里は、招待客の様子をときどき見つめていた。彼らが楽しそうに過ごしているのを、せめてもの救いのように思える、そんな別世界に精神がさまよった。

「主役がそんなお顔では。お客様も、あなたを見に来たのですよ。笑ってください」

小さい声で、介添人が何度も、美里に言うのであった。介添人の言うことにも確かに一理あった。そうして、作ったはずの笑顔は、またいつのまにか消えていった。

結婚式に、ひとり幸せな父の姿があった。それは、父がいい条件に乗り気だったということ以外に、早く子供を結婚させて、一人前に育て上げたと、世間に対して胸を張りたかったという事があったのかも知れない。父の貞生は、異様に、自分の親族や妻の親族に対して、立派にやったということを見せたがる傾向があった。父自身は、五人兄弟の末っ子であった。いつも頭から押さえつけられていた、本人はそう思っていた。いずれ、あちこちで喧嘩同然となっている親族関係を、今更未練に思っているのだろうか？　それとも、責任を感じているのだろうか？　父の貞生はとても悦に入った様子で、人々の世話に走り回った。


式が過ぎたある日、吉川は帰ってくると、嬉々として鞄から茶菓子を一つ取り出した。

「美里、はい、今日のおみやげ」

吉川は、職場で美味しそうな茶菓子が出ると、それを食べずに家に持ち帰った。自分も好きな菓子なのに、美里と半分に分けた。まるで、純真な子供のような優しさがあった。

「ねえ、明日の飲み会も、午前五時とかになるのだったら、途中でその旨電話してね」

「うん、分かった」

美里の言葉に、吉川がうなずいた。そして、翌午前五時まで、電話は鳴らなかった。しかし、折を携えて明け方帰ってきた吉川が、嬉々として言った。

「君が心配するから、今日の飲み会は、車を職場に置いたまま、帰りはタクシーで帰ってきたよ」

「まあ、ほんと？　良かったわ」

美里は安心して、嬉しそうに笑った。平和な時であった。そうして、美里が吉川に見送られて先に出勤すると、わざわざ近くの別の駐車場に、吉川の車が駐めてあった。美里の顔から笑顔が消えた。そして美里は、時間が過ぎるのも忘れ、車の前で目を伏せて佇んでいた。

美里は、その日、最後の賭けに出た。

「どうしても、別れたいのか？」

美里の差し出した離婚届を手にとって、青ざめた吉川が言った。美里は首を縦に振った。吉川の扱けてくぼんだ目が、魔術師の様に唱えた。

「一流ホテルで結婚式もした。マンションだって買ってやる。医者の女房だと思っていい気になりやがって。いったいなにが不満だって言うんだ。金を稼いでいるのも、偉いのも、君ではなくて僕だ。いい気になるな。僕ほどにいい人間は、この世にいない」

吉川の視線がミイラのように、美里に食い入った。美里の青い視線が、吉川をじっと見つめていた。やがて吉川は、わずかに苦笑するように、鼻で息を漏らした。

「……まあ、いいさ。俺は小悪党だな。本物になれなかったってわけか。浮気がどうしたのいう話しについて言えば、浮気が悪いなんて、人間が自分たちの都合で決めたことに過ぎない。人が人を好きになって付き合う、それが悪いと言うことはご都合主義に他ならない。悪くもなんともない。みんなで決めたんだよ。そのほうが、それぞれの利権が確保できる。男は、家では嫁と姑の板挟みやいろいろなごたごたやら、職場では中間管理職のストレスやら、辛いことばかりで、不倫くらいが生きる楽しみなんだよ」

ミイラの目に、漁り火が灯った。そして薄笑いがよぎった。

「女は馬鹿が一番だよ。そんな女はいっぱい寄ってくる。釣り糸がいくつも垂れてくるようさ。そんな女に、君だけだよと言って俺は暮らすからいいのさ。ざまあみろ、今まで医者の女房だといい気になっていたおまえも、俺と別れればただのバツイチだ」

駆け足の離婚届に判を押すと、本音と建前をうまく使い分ける男、吉川は開き直った。それは、離婚届に判を押すまでは決して聞くことが出来ない、吉川の本音であった。

周り中の誰も彼も、みな自分の利益を獲得するために、欲と得とにしがみつき、人を食いものにすることに必死になる。結婚はいつか、人をそのように変えてしまったのだ。たとえ、合法的でさえも。美里は、その貧しさに、凍えそうに思った。

しかし、一人の人間の人格とは、結婚の前と後とでかくも変化するのだろうか？　吉川は、確信犯であった。それは、哀愁じみていた。この種の変化は、長い目で見れば、一部の例外を除いて、比較的多くの男性に見られることであり、あらかじめ自分の罪を認識さえ出来ない男性は、そんなことがそれほど真に迫って悪いことだとは、感じないものなのである。だから、吉川のように壊れずに、済んだかも知れない。中には、男だからというだけの理由にならない理由で、浮気するのが当然のように思い込んでいる者もある。そんな人物も、本気で付き合いたければ付き合いたい程に、都合の悪いことなど、結婚前に相手に向かってわざわざ言うわけがないとさえ思う。そしてそれは、結婚して後も同じこと。しかし、女性の多くは、それを分からない。意識的無意識的に実態を隠蔽され、見抜くことに失敗する者も出てくる。だから女性にとっては、そういった行為は、自らの判断を狂わされた騙しに値する。決して値が割れない約束で多額の投資をして買った株が暴落するかの如く、たちまち乞食になったような気分になる。そんな男性に期待した女の、行く末は哀しい。それがどんなに残酷かも、男性には分からない。自分の価値観の中でだけうまくいけば、相手がどうこうは関係なく、自分は浮気はしていても離婚はしていないと、自らの名誉も保て美酒に酔える人もある。美里は、結婚前後でそんなにも違った自分を見せる、夫のやり方を責めたいような気がした。結婚は、資格試験を受けなくても、特別な学校を卒業しなくても、誰でも取れる資格のようなものである。人が千差万別な様に、そこにはなんらの質的保障も統一的サービスマニュアルもない。そして制度は、運用する人によっては、いつ何時悪用される危険さえもはらんでいる。人間の一生を左右する制度として、余りにもひどいことをしてきてしまったのではないか？

美里は、洗面所の鏡に向かい合って座っていた。人を憎しみ、悲しみ、疲れた顔がそこには映っていた。単にひとつの下手な価値観にしがみついて生きていても、こんなしみたれたような顔をして生きるのでは、そんなもの褒められたものではない、美里は思った。無理な場合はどうしても無理なのである。危なげない場合だってある。人間の実態や人間の性さえも余りに度外視して、権威主義とご都合主義とでそれを押さえ付けようとして失敗する。多くの失敗者が続出する制度など、振り回してはならない。それこそが罪悪であると、美里は思った。制度はすでに、一部には二重構造さえも根づくだけ、十分な環境を作ってしまった。もう、下手な価値観にしがみつき、囚われた心が生み出す苦渋を舐めることが、美里は耐えられなくなっていた。人は、人としての自分の人生に対する責任と尊厳とを、いついつまでも大切にしよう。結婚は、どんな結婚でもすべてが幸せの扉を開けることの出来るマジックか万能鍵である、はずがない。

美里は、正木先生の話を思い起こして、反芻した。

（先生は、がらっぱちだけれど、でもそうではない。先生は、笑っておめでとうと言えば、それで済んだはずなのだ。先生は、それでわたしがどうなろうと、なにひとつ困らないはずだ。なにも教え子に、憎まれ役を買って出る必要も、なかったはずだ。正木先生がそうまで言ったのは、……）

互いにあたたかい心を湛えた、社会においても無理なくプラスに働くような、バランスの保てる夫婦は美しい。子供たちの成長も大切だ。しかし、そういった当たり前のことを、困難にするものは、一体何だろう。

美里は翌早朝、スーツケース一つ下げて、家を出た。夜明けが、肌寒かった。

（なんのために、自分はだまされたのだろう。吉川はどうしてあんなにまで必死で、騙したのだろう）

吐く白い息が、美里に尋ね返した。やがて、さわやかな寒気が、不意に美里を笑わせた。美里はテンポ良く、縁石を飛び越えた。仲間が待っている。もう、躓くまい。

現代において離婚とは、予期せぬ失敗である。それは、予期せぬがゆえの悲劇である。女性は、育児や家事によって、社会的に生計を立てる能力を奪われる。だから、経済的観点からも、一生を投じるつもりで何もかもを結婚に投じれば、失敗したときには大惨事となる。自立が困難になる。

企業で働く人々を見回すと、仕事と家事の両立に苦しむ女性が見受けられる。

「残業が続いていたから、昨日も旦那が帰ってくる時間に、まだ戻れなかったし、夕飯が出来ていなくて、旦那にちょっと考えて貰わないとと言われた」

という、追い詰められたような表情の女性の話と、

「昨日も帰ったら女房がいなくて、夕飯もなかったから一人で食事して、離婚しようと思った」

という男性の話とが、両方の耳から入ってくる。しかし、そんな男性の欲望を満たすためには、女性は仕事にまともに取り組むことが出来ない。一人で背負い込む家事の疲労は、幸せに気づく暇も、彼女達から取り上げる。子供と二人きりで過ごす毎日の時間は、子供の吐く暴言に母親の精神が疲弊する。本来与えられて然るべき人間としての社会性は、そこに得られない。ぎりぎりでからからの母親が、どのようにして子供に与えうるのか。そして仕事から離れれば、職場復帰が難しくなり、結婚に全てを投じたのと同じ状況になってしまう場合も、ある。世の中の現実を良く分かっている女性たちは、もはや夫や子供や家庭という可能性に、手を伸ばそうとは思わなくなる。優秀な女性たちに、子孫が残らないことが、残念である。それは、彼女

達がただ単にそれらを欲しくなかった訳ではなく、危うい価値観や、リスクの大き過ぎる社会と現実とに起因する。

もし今、結婚の可能性に希望を残しつつ、同時に、たとえば離婚が予期せぬ失敗ではなく、予期していた過程の一つであったら。人々の準備によって、女性たちは、そこまでに追い詰められなくても済むだろうに。


美里は、駅前の喫茶店に父を呼び出して、詰問していた。

「あのときどうして、私を裏切って先方に電話などかけたの?」

コーヒーカップをちょこちょこ右に回していた父は、

「これで別れさせたら、おまえが二度と結婚しないんじゃないかと思ったんだ。それに、自分が甘やかして育てたから、別れたいなんて言い出すのだと思った。親戚はきっと、そう言うさ」

と、説明した。甘やかしたなどと言われるからには、それに見合うだけの幸福な記憶が欲しいものだと、美里は思った。単なる親の立場としてのみ、その言葉は理解し得た。美里は、言い放った。

「もう、なにも言わせないわ。吉川さんとは、別れます」

「じゃあ、せめて、子供を作ってから別れろ」

名案を思い立ったように、貞生は親しげな顔を向けた。絶句する美里に、

「そうすれば、子供がおまえの励みになるに違いない」

と父は、確信していた。親のエゴとは、ここまでか。これまで、父を悪く思わないように努めてきた美里も、このころになるとどうしても変だと、思わざるを得なくなった。

（わたしは、父親にもだまされてきたのだろうか？　いや、もしかすると、わたしの本当の姿も心も、この親には見えないのではないだろうか？　要するに、姿はあっても、わたしはいないのと同じだ。誰が、自分の二の舞を踏む子供を作って別れるって？）

「だからな。いいか。子供を三人くらいぽぽーんと産んでだな、吉川が浮気でもしたら、子供を連れて実家に帰ればいいんだ。そうすればな、プライドの高い男なら、すぐに思う壷さ。そうやって、吉川君をお前のものにすればいいんだよ。手に入れたいと思ったって、なかなか手に入るものじゃあないぞ、医者なんてな。やつめ、ふっふっ、俺の娘のとりこだ」

煙草の煙が笑いに合わせて、白く漏れた。貞生は俄かに声を上げて笑った。

「それでも父さん、少しは人間的な発想をしているつもり？　それから先、ずっとそれで済むと思うの？　吉川さんは、父さんが思っているより、ずっと頭の良い人よ。そんな構造を、い

つか必ず見抜くわ。そういうのはね、見抜かれた時が大変なのよ。懲りないひとね」

美里は、コーヒーカップを持って、一口飲んだ。

「なにを言ってるんだ。そうすればいいんだよ。他にも、金があればな、それなりのやり方ってものがあるんだがな。それくらいのことは、お父さんが教えてやる。なあに、世の中そういうものなんだよ」

美里は、喫茶店の窓の外を、どこともなく睨みつけていた。もう、親を罵るほどの気持ちも、起きない歳であった。しかし父は、悪気があって言っているわけでは、到底ない様子であった。世の中には、本人には全然悪意がないにも関わらず、人と心の交わりをするのが不得手な人がいるのだと思う。そういった人が、ある場合には、伴侶の心を凍死させてしまう場合もあるかも知れない。違反事項を率先してやることは、もちろん悪い。しかし、自分は違反事項をしていないから悪くないとか、ただそれだけの問題では恐らく無いのだ。本当に、たった一人の人ではあるが、その人のこころの要請を正しく感じて応えていけるならば、こんな悲劇は起こらないはずだ。

「ところで父さん、どう、最近は、商売のほうは？」

「ああ、厳しい状況だよ。この不況だしなあ」

父の言葉は、美里の予想通りのものだった。

「悪いことは言わないから、今の時期に、早めに再就職を考えてよ、父さん。わたしも、仕事を探すの、一緒に行ってあげるから。もっと年をとってからでは、状況は悪くなるばかりだよ」

それも、いつもの美里の台詞だった。出来ることなら、父親に何かの仕事に再就職を決めて貰い、少しは安定した暮らしをして欲しいと、美里は心底望んでいたのだった。しかし、世間でもよく言われることだが、いまひとたびの宮仕えは、なかなか乗り出せないもののようだった。そして、言い合いになると、決まって父は言った。

「お前に迷惑はかけない、いいんだ、放っておいてくれ。そんなことよりも、孫の顔が見たいんだよ。親に孫の顔も見せないつもりか？　中川さんちの娘さんなんかな、結婚してもう三人も子供がいるんだぞ。偉いよなー。お父さんも、そういう子を持てば良かったよ」

やけくそ染みた貞生は、なげやりに言った。貞生は、以前はもう少し、ましな父親だと思われた。しかし、おかしな夢を見始めた時、なにかが変わって行ったように、美里には感じられた。美里は、貞生の貧しかったであろう生い立ちを、思った。やがて、一時間程もするかしないかで、貞生は仕事があると戻って行った。それは、正月も含めて年間通していつも決まって同じ、この親子の面会方法であった。そうであることに、特段の理由はない。貞生は、娘からお茶に誘われれば、それなりに嬉しそうではあった。美里は、そんな父のもとに、仕事のように思って、ときどき顔を出した。

景気の回復を望む声が、最初こそ声高に叫ばれていた世間も、やがてその長引く不況とともに、景気の回復を信じようとする声も、少なくなっていくようだった。ある日、美里が勤めから帰ると、電話が鳴った。久々の、美里の父であった。吉川のもとへはしばしば電話をかけた父は、美里が一人で暮らし始めると、なにを思ってか余り電話をかけて来なかった。

「昨日、二度目の不渡りを出して、取引停止になった」

「そう……」

美里は、何も言わなかった。ただ、ふと母親のことが脳裏をかすめた。今ごろは、どうしているのだろう、ぼんやりと美里は考えた。そして、長い間の一つの戦争が終わったように、なんとなく安堵の思いさえもするのだった。

「生活は、だいじょうぶなの?」

思い出したように、美里は父に尋ねた。

「ああ、なんとかがんばるしかないから」

父親も、さすがに疲労した様子だった。

「それから、前から言っていた年金だけど、納めているの？」

にわかに美里の声が厳しくなった。

「いや、納めていない」

「どうするつもりなの？　ずっとスナック通いや派手なレジャーの数々で、たくさんお金を使ってきたじゃない」

「お父さんだって、人間だからな。それぐらいの遊びもする」

父の言葉に、

「明日、一緒に社会保険事務所に行くから、行って相談しよう」

美里が言った。しかし、父親はしぶらった様子で言うのだった。

「行かない。……なんだそれとも、お前が払ってくれるのか？」

その言葉に美里は、しばらく黙ったまま、そのまま電話を切った。

(母さん、今日までここにいなくて良かったね)

美里は心の中で、それだけを思った。

美里は、二十年振りに、昔母と暮らした田舎に出掛けてみようと、思い立った。週末に電車を乗り継いで降り立った駅は、美里の予想に反して、二十年前の面影を今も色濃く残していた。ただひとつ大きく違っていたのは、二十年前とても長く感じた駅のホームが、今はさほど長くなくなっていたことくらいであった。ささやかな、それでいて何かしらこぎれいに感じられる小さな駅の前に、遠く昔懐かしい景色が、音も無く広がっていた。よほど退屈であろう駅員さんが、ガラス戸を開けて顔を出したので、美里は切符を渡すと、そのまま駅前へとさまよい出た。人影の少ないその町は、まるですべてが止まった絵本の中の故郷を訪れたように、美里には遠く感じられるのだった。しかし、駅前に整然と植えられた銀杏の木は黄色く色づいており、その齢の分だけ、珍客の美里を今も覚えているといった様子に、心なしかはずんで見えた。

ホテルの部屋の扉を開けると、そこに故郷の甘い香りがして、美里を驚かせた。部屋に入ると大きめの窓があり、その白いレースのカーテンを開け放つと、窓の外には、白い壁に黒い屋根というどれもみな似たような、低い家並みが広がっていた。やがて窓辺に夕暮れが訪れる頃、窓の外を見つめる美里の目に、町の明かりがぽつぽつとまばらに灯り、幹線道路を照らす街灯だけが、一列に目立ってまたたいた。あの暗がりの向こうの町明かりは、昔母と住んだ家の辺りと、窓ガラスに指差した手が、外の寒気でひんやりとした。美里が見つけたその場所には、若いままの母が笑って美里に話しかけているスナップが、明るく浮かんで見えた。美里は、わずかに呆然と、見つめたままだった。美里は、そこには今もまだ、幼い自分と母が笑って暮らしていそうな錯覚に陥った。町明かりがそう思わせるのだろう。そして、夜更けまで消えないそのスナップを、じっと見つめていた。

それでも、この人生の問題やお金の問題を解決できない限り、自分は母親に会うことも出来ないような気がした。体も心も一つしかないのだ。確かに、このような状況ではなおさら、二人分ほどのことは、できそうにない。その問題に、晴れ間がのぞく日は、遠い。

【著者プロフィール】
小田かのん（おだ　かのん）

1991年、早稲田大学第一文学部文学科演劇専修卒業。

離婚

2000年5月1日　　　初版第1刷発行

著　者　小田かのん
発行者　瓜谷　綱延
発行所　株式会社　文芸社
〒112-0004　東京都文京区後楽2-23-12
電話　03-3814-1177（代表）
03-3814-2455（営業）
振替　00190-8-728265
印刷所　株式会社　フクイン

ISBN 4-8355-0166-7 C0093